Contos de
Aluísio Azevedo

Organização: Maria Viana
Ilustração: Clayton Barros

O Encanto do Conto

DIRETOR EDITORIAL: Raul Maia

EDITORA: Daniela Padilha

REVISÃO PARA ESTABELECIMENTO DE TEXTO: Maria Viana

Neide Tomiko Takahashi

Nair Hitomi Kayo

REVISÃO DE PROVAS: Nair Hitomi Kayo

PESQUISA ICONOGRÁFICA: Mônica de Souza

DIAGRAMAÇÃO: aeroestúdio

**Texto em conformidade com as novas regras
ortográficas do Acordo da Língua Portuguesa**

Dados Internacionais de Catalogação na Publicação (CIP)
(Câmara Brasileira do Livro, SP, Brasil)

Azevedo, Aluísio, 1857-1913.
     Contos de Aluísio Azevedo / Aluísio Azevedo ;
ilustrador Clayton Barros; seleção, apresentação
e textos complementares Maria Viana. – São Paulo :
DCL, 2015.

     ISBN 978-85-368-0786-7

     1. Contos brasileiros. I. Barros, Clayton.
II. Viana, Maria. III. Título. IV. Série.

10-00161   CDD – 869.93

Índices para catálogo sistemático:

1. Contos : Literatura brasileira 869.93

1ª edição · fevereiro · 2015

Editora DCL – Difusão Cultural do Livro Ltda.
Rua Manuel Pinto de Carvalho, 80 – Bairro do Limão
CEP 02712-120 – São Paulo – SP
Tel.: (0xx11) 3932-5222
www.editoradcl.com.br

Sobre esta edição

Na edição das narrativas que compõem esta antologia, tivemos
o cuidado de manter a intenção do autor com a maior fidelidade
possível. Para isso, usou-se como critério para fixação de texto
as duas edições publicadas quando Aluísio Azevedo ainda vivia:
Demônios, que veio a lume em 1893, pela Teixeira & Irmão Editores,
e *Pegadas*, editada pela Garnier, em 1897.

Sumário

Um narrador plural

Aluísio Azevedo foi o grande representante do Naturalismo no Brasil. Conhecido como romancista, sobretudo por seus livros *O Mulato*, *O Cortiço* e *Casa de Pensão*, foi também dramaturgo, contista, jornalista e desenhista.

O escritor maranhense publicou apenas dois livros de contos, *Demônios* (1893) e *Pegadas* (1898). Dos doze contos publicados na primeira antologia, sete figuram também na segunda, dentre eles "O madeireiro", "Insepultos" e "Demônios", escolhidos para compor esta seleção.

Verificou-se, ao serem cotejadas as duas edições, que o escritor suprimiu vários parágrafos dos dois últimos contos, eliminando os excessos para tornar a narrativa ainda mais densa. Em nota escrita pelo próprio Aluísio na edição de *Pegadas*, ele teve o cuidado de avisar ao leitor que alguns contos publicados ali já haviam figurado na edição de 1893, mas não faz qualquer alusão às supressões realizadas. No entanto, considerando-se que a última edição revisada em vida pelo escritor é a que deve prevalecer, as versões de "Insepultos" e "Demônios" reproduzidas nesta antologia estão como publicadas na edição de 1898.

Abrimos esta seleção com dois contos encontrados apenas no livro *Demônios*: "Polítipo", que apresenta os infortúnios do pobre Boaventura Costa, pessoa boníssima, mas que tinha a infelicidade de parecer-se com toda gente e por isso era sempre confundido com outras pessoas nas situações mais inusitadas, e "Como o demo as arma", em que a personagem Teresinha, costureira aplicada, tem seu comportamento modificado por leituras românticas.

Do livro *Pegadas*, selecionamos os contos "O último lance", protagonizado por um aristocrata decadente que aposta suas últimas moedas em um jogo de roleta, e "O impenitente", em que se vê o Frei Álvaro consumir-se entre a culpa e a lascívia, sem conseguir se livrar do amor que sente por Leonília.

Os últimos três contos desta seleção figuram em ambas as antologias, ainda que dois deles, como dito anteriormente, tenham sido substancialmente alterados pelo escritor. "O madeireiro" mostra os recursos ardilosos usados por uma viuvinha para casar-se com seu amante. Em "Insepultos", acompanhamos a melancolia de um homem que, ao voltar à terra natal 35 anos depois, encontra aquela que foi seu primeiro amor. Para fechar a seleção, incluímos o conto "Demônios", narrativa mais longa, na qual o leitor terá a oportunidade de conhecer um aspecto bastante diferente do estilo aluisiano, pois se trata de uma narrativa com predomínio de elementos fantásticos.

Portanto, nesta seleção, o leitor encontrará contos que só figuram no livro *Demônios*, em que prevalece o tom mais irônico, quase farsesco; narrativas editadas apenas no livro *Pegadas*, nas quais nos deparamos com um narrador mais crítico e empenhado em denunciar vícios, como a jogatina e a promiscuidade do clero; e histórias que figuram nas duas antologias, como é o caso de "Demônios", com muitos elementos do gênero fantástico. Portanto, são narrativas que não apenas tratam de temas bastante diversos, mas que foram urdidas em estilos bem distintos. Assim, o leitor poderá, nestas poucas páginas, apreciar as qualidades desse narrador tão plural que foi Aluísio Azevedo.

Maria Viana

POLÍTIPO

Suicidou-se anteontem o meu triste amigo Boaventura da Costa.

Pobre Boaventura! Jamais o caiporismo[1] encontrou asilo tão cômodo para as suas traiçoeiras manobras como naquele corpinho dele, arqueado e seco, cuja exiguidade[2] física, em contraste com a rara grandeza de sua alma, muita vez me levou a pensar seriamente na injustiça dos céus e na desequilibrada desigualdade das coisas cá da terra.

Não conheci ainda criatura de melhor coração, nem de pior estrela. Possuía o desgraçado os mais formosos dotes morais de que é susceptível um animal da nossa espécie, escondidos, porém, na mais ingrata e comprometedora figura que até hoje viram meus olhos por entre a intérmina[3] cadeia dos tipos ridículos.

O livro era excelente, mas a encadernação detestável.

Imagine-se um homenzinho de cinco pés de altura sobre um de largo, com uma grande cabeça feia, quase sem testa, olhos fundos, pequenos e descabelados; nariz de feitio duvidoso, boca sem expressão, gestos vulgares, nenhum sinal de barba, braços curtos, peito apertado e pernas arqueadas; e ter-se-á uma ideia do tipo do meu malogrado[4] amigo.

Tipo destinado a perder-se na multidão, mas que a cada instante se destacava justamente pela sua extraordinária vulgaridade; tipo sem nenhum traço individual, sem uma nota própria, mas que por isso mesmo se fazia singular e apontado; tipo cuja fisionomia ninguém conseguia reter na memória, mas que todos supunham conhecer ou já ter visto em alguma parte; tipo a que homem algum, nem mesmo àqueles a quem o

Caiporismo[1]: estado, condição ou qualidade de quem é caipora, infeliz ou azarado em tudo ou quase tudo que faz.
Exiguidade[2]: pequenez.
Intérmino[3]: o mesmo que interminável.
Malogrado[4]: aquele que teve mau êxito; fracassado, malsucedido.

infeliz, levado pelos impulsos generosos de sua alma, prestava com sacrifício os mais galantes obséquios, jamais encarou sem uma instintiva e secreta ponta de desconfiança.

Se em qualquer conflito, na rua, num teatro, no café ou no bonde, era uma senhora desacatada, ou era um velho vítima de alguma violência; ou uma criança batida por alguém mais forte do que ela, Boaventura tomava logo as dores pela parte fraca, revoltava-se indignado, castigava com palavras enérgicas o culpado; mas ninguém, ninguém lhe atribuía a paternidade de ação tão generosa. Ao passo que, quando em sua presença se cometia qualquer ato desairoso,[5] cujo autor não fosse logo descoberto, todos olhavam para ele desconfiados, e em cada rosto o pobre Boaventura percebia uma acusação tácita.[6]

E o pior é que nestas ocasiões, em que tão injustamente era tomado por outro, ficava o desgraçado por tal modo confuso e perplexo, que, em vez de protestar, começava a empalidecer, a engolir em seco, agravando cada vez mais a sua dura situação.

Outro doloroso caiporismo dos seus, era o de parecer-se com todo o mundo. Boaventura não tinha fisionomia própria; tinha um pouco da de toda a gente. Daí os quiproquós[7] em que ele, apesar de tão bom e tão pacato, vivia sempre enredado. Tão depressa o tomavam por um ator, como por um padre, ou por um barbeiro, ou por um polícia secreto; tomavam-no por tudo e por todos, menos pelo Boaventura da Costa, rapaz solteiro, amanuense[8] de uma repartição pública, pessoa honesta e de bons costumes.

Tinha cara de tudo e não tinha cara de nada, ao certo. A circunstância da sua falta absoluta de barba dava-lhe ao rosto uma dúbia expressão, que tanto podia ser de homem, como de mulher, ou mesmo de criança. Era muito difícil, senão impossível, determinar-lhe a idade. Visto de certo modo, parecia um sujeito de trinta anos, mas bastava que ele mudasse de posição

Desairoso[5]: não airoso, deselegante, que demonstra falta de decoro, inconveniente.
Tácita[6]: não expressa formalmente, dissimulada; secreta, oculta.
Quiproquós[7]: enganos, confusões.
Amanuense[8]: funcionário de repartição pública que geralmente fazia cópias de documentos e registros à mão e cuidava da correspondência.

para que o observador mudasse também de julgamento; de perfil, representava pessoa bastante idosa, mas, olhado de costas, dir-se-ia um estudante de preparatórios; contemplado de cima para baixo era quase um bonito moço, porém, de baixo para cima era simplesmente horrível.

Encarando-o bem de frente, ninguém hesitaria em dar-lhe vinte e cinco anos, mas, com o rosto em três quartos, afigurava apenas dezoito. Quando saía à rua, em noites chuvosas, com a gola do sobretudo até às orelhas e o chapéu até à gola do sobretudo, passava por um velhinho octogenário[9]; e, quando estava em casa, no verão, em fralda de camisa, a brincar com o seu gato ou com o seu cachorro, era sem tirar nem pôr um nhonhô[10] de uns dez ou doze anos de idade.

Um dia, entre muitos, em que a polícia, por engano, lhe invadiu os aposentos, surpreendeu-o dormindo, muito agachadinho sob os lençóis, com a cabeça embrulhada num lenço à laia[11] de touca, e o sargento exclamou comovido:

— Uma criança! Pobrezinha! Como a deixaram aqui tão desamparada!

De outra vez, quando ainda a polícia quis dar caça a certas mulheres, que tiveram a fantasia de tomar trajos de homem e percorrer assim as ruas da cidade, Boaventura foi logo agarrado e só na estação conseguiu provar que não era quem supunham. Outra ocasião, indo procurar certo artista, de cujos serviços precisava, foi recebido no corredor com esta singularíssima frase:

— Quê? Pois a senhora tem a coragem de voltar?... E quer ver se me engana com essas calças?

Tomara-o pela sogra, a quem na véspera havia despedido de casa.

Não se dava conflito de rua, em que, passando perto o Boaventura, não o tomassem imediatamente por um dos desordeiros. Era ele sempre o mais sobressaltado, o mais lívido,

Octogenário[9]: aquele que está na faixa dos 80 anos de idade.
Nhonhô[10]: forma como os escravizados e seus descendentes tratavam os brancos, patrões ou proprietários..
À laia de[11]: à maneira de, semelhante a.

o mais suspeito dos circunstantes. Não conseguia atravessar um quarteirão, sem que fosse a cada passo interrompido por várias pessoas desconhecidas, que lhe davam joviais palmadas no ombro e na barriga, acompanhando-as de alegres e risonhas frases de velha e íntima amizade.

Em outros casos era um credor que o perseguia, convencido de que o devedor queria escapar-lhe, fingindo não ser o próprio; ou uma mulher que o descompunha em público; ou um agente policial que lhe rondava os passos; ou um soldado que lhe cortava o caminho supondo ver nele um colega desertor.

E tudo isto ia o infeliz suportando, sem nunca aliás ter em sua vida cometido a menor culpa.

Uma existência impossível!

Se se achava numa repartição pública, tomavam-no, infalivelmente, pelo contínuo;[12] nas igrejas passava sempre pelo sacristão; nos cafés, se acontecia levantar-se da mesa sem chapéu, bradava-lhe logo um consumidor, segurando-lhe o braço:

— Garçom! Há meia hora que reclamo quem me sirva.

Se ia provar um paletó à loja do alfaiate, enquanto estivesse em mangas de camisa, era só a ele que se dirigiam as pessoas chegadas depois. Nas muitas vezes que foi preso como suposto autor de vários crimes, a autoridade afiançava sempre que ele tinha diversos retratos na polícia. Verdade era que as fotografias não se pareciam entre si, mas todas se pareciam com Boaventura.

Num clube familiar, quando o infeliz, já no corredor, reclamava ao porteiro o seu chapéu para retirar-se, uma senhora de nervos fortes chegou-se por detrás dele na ponta dos pés e ferrou-lhe um beliscão.

— Pensas que não vi o teu escândalo com a viúva Sarmento, grandíssimo velhaco?!

Contínuo[12]: indivíduo de qualquer idade empregado em escritório para fazer trabalhos de entregas.

O mísero voltara-se inalteravelmente, sem a menor surpresa. Ah! ele já estava mais que habituado àqueles enganos. Que vida!

Afinal, e nem podia deixar de ser assim, atirou-se ao mar.

No necrotério, onde fui por acaso, encontrei já muita gente; e todos aflitos, e todos agonizados defronte daquele cadáver que se parecia com um parente ou com um amigo de cada um deles.

Havia choro a valer e, entre o clamor geral, distinguiam-se estas e outras frases:

– Meu filho morto! Meu filho morto!

– Valha-me Deus! Estou viúva! Ai o meu rico homem!

– Oh, senhores! Ia jurar que este cadáver é o do Manduca!

– Mas não me engano! É o meu caixeiro!

– Dir-se-ia que este moço era um meu antigo companheiro de bilhar!...

– E eu aposto como é um velho, que tinha um botequim por debaixo da casa onde eu moro!

– Qual velho, o quê! Conheço este defunto. Era estudante de medicina! Uma vez até tomamos banho juntos, no boqueirão. Lembro-me dele perfeitamente!

– Estudante! Ora muito obrigado! Há mais de dois anos chamei-o fora de horas para ir ver minha mulher que tinia[13] de cólicas! Era médico velho!

– Impossível! Afianço que este era um pequeno que vendia jornais. Ia levar-me todos os dias a *Gazeta* à casa. É que a morte alterou-lhe as feições.

– Meu pai!

– O Bernardino!

– Oh! Meu padrinho!

– Jesus! Este é meu tio José!

– Coitado do padre Rocha!

Tinia[13]: estava muito quente, febril.

• • •

Pobre Boaventura! Só eu compreendi, adivinhei, que aquele cadáver não podia ser senão o teu, ó triste Boaventura da Costa!

E isso mesmo porque me pareceu reconhecer naquele defunto todo o mundo, menos tu, meu desgraçado amigo.

COMO O DEMO AS ARMA

Teresinha era a flor das pequenas lá da fábrica. Todos lhe queriam bem. Ninguém como ela para saber guardar as conveniências e saber cumprir com os seus deveres sem fazer caretas de sacrifício.

Vivia de cara alegre; tocava o seu bocado de piano; sabia arranjar desenhos para os seus bordados; tinha repentes de muita graça; e nunca nenhuma das companheiras lhe apanhara a ponta de um desses escândalos, que são a riqueza das palestras[1] nos lugares em que há muitas raparigas juntas.

Além disso, era de uma economia limpa e natural; nas suas mãozinhas cor-de-rosa e picadas de agulha o escasso ordenado de costureira parecia transformar-se em moeda forte. Vestido seu nunca ficava fatalmente velho: era já mudar-lhe o feitio; era já trocar-lhe os enfeites, e aí estava Teresinha metendo as outras no chinelo.

– Uma joia! – resumia o gerente da fábrica.

E jurava que, se não fora velho e casado, havia de fazer-lhe a felicidade.

Mas Teresinha, pelo jeito, não queria casar. Por mais de uma vez apareceram-lhe partidos bem aceitáveis, e ela torcera o narizinho a todos, dizendo que ainda era muito cedo para pensar nisso. Um seu vizinho, o Lucas, com armarinho[2] de modas e rapaz estimado no comércio, chegou a oferecer-lhe um dote[3] de dez contos de réis; outro, o Cruz, também com armarinho e não menos estimado que o primeiro, jurou-lhe numa carta, que faria saltar os miolos, se ela não o tomasse por marido. Teresinha não quis nenhum dos dois e continuou muito escorreita[4] no seu vestidinho justo ao corpo, uma flor ao peito, a bolsa de couro na mão, a passar-lhes todos os dias pela porta, no sonoro tique-taque dos seus passos miúdos,

Palestras[1]: conversas.
Armarinho[2]: pequeno comércio onde se vendiam tecidos e aviamentos para costura, como botões, linhas e rendas.
Dote[3]: conjunto de bens ou valor em dinheiro que um familiar ou outra pessoa oferece à noiva quando ela se casa.
Escorreita[4]: que tem ar puro, que é correta.

indo pela manhã para a fábrica e voltando à tarde para casa, sempre ligeira e saltitante como um pássaro arisco.

Mas, quando lhe morreu a tia com quem ela habitava, e a pequena ficou só no mundo, disseram logo:

– Agora é que veremos se ela quebra ou não quebra o capricho!

– Talvez se agregue por aí a qualquer família conhecida... Conjecturaram.

– Não! Não será tão tola que se sujeite a isso, podendo dispor de um marido logo que o queira!...

– De um ou de mais!

– Ora! Não falta quem a deseje!

Teresinha, todavia, não se casou, nem foi abrigar-se à sombra de ninguém; ficou morando na mesma casa em que lhe morrera a tia, conservando uma criada velha que as acompanhava havia muitos anos. Na fábrica a mesma pontualidade, a mesma linha de conduta, a mesma limpeza e diligência no serviço, na rua – aquele mesmo passinho curto e apressado, que mal deixava aos seus vários pretendentes lobrigar[5] a ponta das suas honestas botinas pretas de salto baixo.

Não obstante, meses depois, principiaram de aparecer--lhe transformações. Notavam todos, lá na fábrica, que a Teresinha já não era aquela rapariga alegre e caprichosa dos primeiros tempos; agora tinha esquisitices de gênio e caía em fundas abstrações, quedando-se horas perdidas a olhar para o espaço, de boca aberta, o trabalho esquecido sobre os joelhos.

– Que terá ela?... – cochichavam as companheiras.

E observavam, com pontinhas de riso brejeiro,[6] que a exemplar Teresinha – a diligência em pessoa – já não era a primeira a pegar na costura e a última a deixar o serviço.

A partir daí, puseram-se a espreitá-la[7] e a segui-la na rua.

Lobrigar[5]: entrever; ver com dificuldade.
Brejeiro[6]: faceiro, malicioso.
Espreitar[7]: vigiar.

Descobriram logo que Teresinha ao sair do trabalho, em vez de ir para casa, metia-se na Biblioteca Nacional ou nos gabinetes de leitura ou então nas lojas dos livreiros.

E viam-na passar um tempo esquecido a escolher brochuras, a consultar revistas e alfarrábios,[8] fariscando[9] neles com o nariz enterrado entre as páginas, alguma coisa, que ninguém atinava com o que fosse.

– Querem ver que ela deu para filósofa?... – comentaram as outras raparigas.

Uma das mais velhacas da roda afiançou que não seria a primeira Teresa que desse para isso.

E o grande fato é que todo o dinheirinho das economias de Teresinha era lambido pelos vendedores de livros. Já lhe notavam até certa negligência no traje e no penteado.

Uma vez apresentou-se na oficina de sapatos rotos.

– Óh Teresinha! – Objurgou-lhe[10] uma amiga. – Tu estás ficando desmazelada!

Por outro lado, o gerente principiava a resmungar: Pois ele queria lá doutoras no estabelecimento!... A senhora dona Teresinha parecia já não ligar a mínima importância ao serviço! O tempo era-lhe pouco para os romances que ela trazia escondidos no bolso! Não! assim, que tivesse paciência! mas não havia remédio senão mandá-la passear! Ia-se ali para desunhar na costura e não para contar-se as tábuas do teto. E, por isso, que diabo! pagava-se a todas pontualmente e em bom dinheiro! Não se tinha ali ninguém de graça!

Uma ocasião apresentou-se mais tarde, muito pálida, com grandes olheiras. Percebia-se facilmente que passara a noite em claro.

Trazia entre os dedos um volume de Théophile Gautier,[11] marcado em certa página.

Nesse dia trabalhou bastante, com febre. Mal, porém, terminou a obrigação, correu à casa e fechou-se na sala, defronte do candeeiro de querosene.

Alfarrábios[8]: livros antigos ou usados.
Fariscando[9]: farejando.
Objurgou[10]: censurou, criticou.
Théophile Gautier[11]: poeta francês, importante representante do Romantismo.

Abriu o livro no lugar marcado – *Une larme du diable*![12]

Releu inda[13] uma vez a singularíssima novela. Aquela extravagante fantasia do rei dos boêmios, a alma doente e sonhadora do eleito da decadência romântica, a imaginação desvairada daquele fumador de ópio, embriagaram-na com uma delícia de vinho traiçoeiro.

Uma lágrima do diabo!

Que haveria de verdade nessa lágrima e o que vinha a ser ao certo, esse diabo, de que lhe falavam os poetas, os padres, os professores, as crianças e as velhas?... Mas com efeito existiria o diabo? Já em outros livros encontrara o mesmo que afirmara Gautier: o tal gênio do mal, disfarçado em rapaz bonito, a correr o mundo, para tentar as pobres raparigas. Um alfarrábio religioso de sua tia ensinara-lhe que o maldito andava solto, aí por essas ruas da cidade, janota,[14] barbeado e cheiroso, e que as moças inexperientes precisavam ter todo o cuidado, porque o patife, além de tudo, escondia os cornos e o rabo, e não havia por onde reconhecê-lo.

Definitivamente era muito perigoso para ela arriscar-se sozinha, todos os dias, a cair em semelhante perigo!

E se o encontrasse?...

Santo Deus! só esta ideia a fazia tremer toda.

E começou a chegar-se muito para os velhos, a afeiçoar--se por eles. Com os moços é que não queria graças; temia-os a todos, principalmente os simpáticos e esmerados na roupa.

– Nada! nada de imprudências! Pode muito bem ser que eu caia nas mãos do tal!

Isso, porém, não impediu que a cautelosa Teresinha, um belo dia, ao dobrar uma esquina, desse cara a cara com um belo rapagão louro, de bigodes retorcidos, nariz arrebitado e monóculo.

Cheirava que era um gosto.

Une larme du diable[12]: *Uma lágrima do diabo*, obra escrita por Théophile Gautier em 1839.
Inda[13]: o mesmo que ainda.
Janota[14]: pessoa que se mostra afetada no vestir, que chama a atenção pela elegância.

– Estou perdida! – balbuciou ela, trêmula, estacando[15] defronte do rapaz, sem ânimo de erguer a vista, porque tinha de antemão certeza de que o olhar dele havia de cegá-la.

– Desta vez não me escapas! – murmurou o moço.

– Não há dúvida! É ele mesmo! – gaguejou a medrosa, quase a chorar. – Valha-me Nossa Senhora!

E recuou alguns passos.

– Não fujas! – disse o sujeito.

Ela obedeceu logo e até chegou-se mais para o diabo, atraída, presa, vencida, como se aquelas duas palavras fossem as pontas de uma tenaz[16] que a segurasse pelas carnes.

Ele passou-lhe o braço na cintura.

– Tenho tanta coisa a dizer-te, minha flor!... Se quisesses ouvir-me... Oh! eu seria o ente[17] mais feliz do mundo! Olha! A tarde está magnífica, vamos nós dar um passeio juntos?

Teresinha não opôs objeção e deixou-se conduzir.

– Meu Deus! Meu Deus! – lamentava-se ela pelo caminho, segurando-se ao braço do demônio. – Estou aqui, estou no inferno!

O demônio levou-a para casa dele e mal entraram, atirou-se-lhe aos pés, cobrindo-a de beijos ardentes.

Ela soluçava.

– Por que choras, meu amor?...

Seu hálito queimava. Teresinha via saírem-lhe faíscas dos olhos. E, sempre a tremer, e sem ânimo de recusar nada pedia-lhe compaixão, convencida de que era aquele o último momento da sua vida.

– O diabo não é tão feio como se pinta!... – volveu o moço, afagando-a.

– Ah! Não! Não! Bem o vejo!... – respondeu ela, receosa de contrariá-lo. – Mas, por quem é, não me faça mal!

– Fazer-te mal? Que loucura! Fazer-te mal, eu, que te amo; eu, que há tanto tempo passo horas e horas à espera que

Estacar[15]: parar.
Tenaz[16]: instrumento de metal composto de duas hastes unidas por um eixo, cujas extremidades são usadas para agarrar e/ou arrancar; tipo de pinça.
Ente[17]: ser, pessoa.

saias do serviço para acompanhar-te de longe, sem te perder de vista; o que, sabes? é difícil, porque nunca vi andar tão depressa! Mas esqueçamos tudo isso! agora és só minha, não é verdade?... Não é verdade que, de hoje em diante, me confiarás toda a tua alma e todo o teu coração?...

— Que remédio tenho eu!

— Não imaginas como seremos felizes! Meu ordenado chega perfeitamente para os dois e...

— Quê?... Seu ordenado?...

— Sim, meu amor, eu sou empregado público...

— Empregado? Não é possível!

— Sou, filhinha! Estou a dizer-te! Sou empregado no tesouro; apanhei o lugar por concurso: ganho trezentos mil--réis por mês, afora os achegos[18] que aparecem.

— O senhor está gracejando![19] Diga-me uma coisa, mas não me engane... O senhor não é o diabo?

O rapaz soltou uma risada.

— Pois tu ainda acreditas no diabo? É boa!

— Ora esta!... — murmurou Teresinha. — Se eu desconfiasse!... Agora... paciência! Já não há remédio... Caso-me com o Lucas.

Achegos[18]: auxílios, dinheiro extra.
Gracejando[19]: brincando.

ÚLTIMO LANCE

Dez luíses[1]!...

Era tudo que lhe restava!... Eram as últimas moedas da larga e velha herança que até a ele chegara, escorrendo sonoramente, de degrau em degrau, por uma nobre escadaria de avós. Dez luíses!...

E D. Filipe, depois de agitar na mão fidalga, as derradeiras moedas de ouro, encaminhou-se lentamente para o lugar que meia hora antes havia abandonado à banca da roleta.

De pé, apoiado ao espaldar da sua cadeira ainda vazia, deixou cair sobre o tabuleiro verde o seu frio olhar indiferente e altivo. Os números desapareciam afogados no ouro e na prata dos outros jogadores.

Permaneceu imóvel por longo tempo, sem ver o que olhava. Seus sentidos estavam de todo ocupados pelo pensamento que lhe trabalhava aflito dentro do cérebro: – Era preciso refazer a fortuna esbanjada, ou parte dela... Mas com cem mil francos, apenas cem mil! poderia salvar-se, sem cair no ridículo aos olhos do meio em que se arruinara... Com cem mil francos correria, sem perda de tempo, a Paris, solveria as dívidas que ali deixara garantidas sob palavra, e logo em seguida, a pretexto de qualquer exigência da saúde, simularia uma viagem à Suíça e partiria para a América, com o que lhe restasse em dinheiro. Na América engendravam-se rápidas riquezas; descobriam-se dotes fabulosos! Se fosse preciso trabalhar – trabalharia!

Não sabia em que, e como, iria trabalhar, mas a miragem do novo mundo surgia-lhe à imaginação num sonho de ouro; numa apoteose de milagres de reabilitação, em que a sua incompetência para qualquer trabalho produtivo encontraria lugar entre os vencedores. Nenhum programa, nenhuma ideia acompanhava aquela esperança; confiava na América como

Luís[1]: Antiga moeda francesa.

confiara nas cartas e na roleta. Era ainda uma esperança de jogador. Era a cega confiança no acaso!

Não seria a América também um tabuleiro verde, banhado pelo ouro da Califórnia?... Ele era a moeda jogada num último lance pelo desespero!

Iria!

E, depois?... Como seria belo volver[2] à Europa, muitas vezes milionário, com um resto de mocidade, para continuar a gozar os vícios interrompidos?...

E, enquanto castelavam seus doidos pensamentos, sucediam-se os golpes da roleta, e o ouro e a prata dos jogadores perpassavam em rio por defronte dos seus olhos distraídos.

– Mas, e se eu perder?... – interrogou ele à própria consciência.

E o fidalgo não teve ânimo de entestar com a solução que esta pergunta exigia, como se temesse abrir de pronto, ali mesmo, um duro e violento compromisso com a sua honra.

Todavia, se perdesse aquele miserável punhado de moedas, que lhe restava além do... suicídio?... Que lhe restava no mundo, que não fosse ridículo e humilhante?...

E viu-se sem vintém, esgueirando-se como uma sombra pelas ruas escuras, com as mãos escondidas nas algibeiras do sobretudo, fugindo de todos, desconfiado de que a sua irremediável miséria fosse de longe pressentida como uma moléstia infecta. Teve um calafrio de terror.

As falazes[3] hipóteses de salvação, que covardemente se lhe apresentavam ao espírito, lembrando amigos ricos e recursos inconfessáveis, eram amargamente repelidas pelo seu orgulho, ainda não vencido.

– *Faites vos jeux, messieurs*![4] – exclamou o banqueiro.

E D. Filipe sorriu resignado e triste, como respondendo afirmativamente para dentro de si mesmo à voz que apelava

Volver[2]: retornar, voltar.
Falazes[3]: enganosas, fraudulentas.
Faites vos jeux, messieurs[4]: Façam suas apostas, senhores!

para seus brios, e, depois de sacudir ainda uma vez as dez moedas, espalmou a sua linda mão inútil e, com um ar mais do que nunca indiferente e sobranceiro, despejou-as na seção do vermelho que à mesa lhe ficava em frente.

– *Rien ne va plus*![5]

Uma vertigem toldou-lhe a fingida calma.

A pequena esfera de marfim girava já no quadrante da roleta. Fez-se em toda a sala um silêncio que doía de frio.

Se naquele golpe, em vez de um número vermelho, viesse um número preto, pensou o desgraçado, qualquer mendigo das ruas seria mais rico do que ele!...

E a bola girava já com menos força, prestes a tombar no número vencedor.

O fidalgo deixou-se cair assentado na cadeira, fincando os cotovelos na mesa e escondendo o rosto nas suas duas mãos abertas.

A bola tombou no número. Vermelho!

Os dez luíses de D. Filipe transformaram-se em vinte. E o fidalgo não teve um gesto; esperou novo golpe, aparentemente imperturbável.

O tabuleiro esvaziou-se e de novo se encheu de reluzentes paradas. O banqueiro fechou o jogo; a bola girou, caiu.

Veio outra vez vermelho.

D. Filipe continuou imóvel, sem tirar as mãos do rosto. Sobre os seus vinte luíses derramaram-se outros vinte.

E o jogo continuou, silenciosamente.

E, no meio do surdo ansiar dos que jogavam, um terceiro número vermelho dobrou a parada de D. Filipe, que conservava a sua imobilidade de pedra.

Tão forte, porém, era o arfar do seu peito, que todo o corpo lhe acompanhava as pulsações do coração.

Vermelho!

Rien ne va plus[5]:
Nada mais!

E oitenta luíses despejaram-se sobre os oitenta luíses do jogador imóvel.

Vermelho!

E o ouro começou a avultar defronte dele.

Vermelho ainda!

E as moedas iam formando já um cômoro[6] de ouro defronte daquela figura estática, da qual só se viam distintamente as duas mãos, muito brancas, ligeiramente veiadas de azul puro.

Ainda vermelho!

E a figura imperturbável parecia agora de todo petrificada. E as duas mãos brancas pareciam fitar escarninhamente os outros jogadores, rindo por entre os dedos fixos.

A imobilidade e a fortuna do singular parceiro começavam a impressionar a todos.

Vermelho!

E já os olhares dos homens e das mulheres não se podiam despregar daquele misterioso companheiro de vício, cuja fisionomia nenhum deles conhecia ainda, absorvido como até então estivera cada qual no próprio jogo.

Vermelho! Vermelho!

E o monte de ouro ia crescendo, crescendo, defronte daquelas duas mãos que pareciam cada vez mais brancas, mais escarninhas, e mais ferradas ao rosto do jogador imóvel.

Vermelho! Vermelho! Vermelho!

E as moedas alargavam a zona inteira, escorrendo por entre os cotovelos do jogador de pedra, e caíam-lhe pelas pernas inalteráveis, e rolavam tinindo pelo chão.

Vermelho! E os jogadores esqueciam-se do próprio jogo para só atentar no jogo do singular conviva; à espera todos que aquelas duas mãos de mármore se afastassem; que aquela escarninha máscara caísse, revelando alguém.

Cômoro[6]: elevação de terreno não muito alta; usado pelo narrador em sentido figurado, significando monte de moedas.

E a cada golpe uma nova riqueza vinha dobrar a riqueza acumulada defronte do sinistro mascarado de mármore. Em vão, ao lado dele, uma formosa criatura, com ares de rainha e olhos de *soubrette*[7], aquecia-lhe havia meia hora a perna esquerda com a sua perna direita; em vão, por detrás da sua cadeira, formara-se um palpitante grupo de mulheres, que riam forte e lhe discutiam a fortuna, apostando, a cada novo golpe da sorte, se o original jogador sustentaria ou não o lance por inteiro.

E já quando o vermelho era ainda uma vez anunciado pelo trêmulo banqueiro, partia de toda a sala uma explosiva exclamação de pasmo.

Era preciso tocar a cada instante o tímpano, pedindo atenção e silêncio.

Mas os comentários reproduziam-se, fervendo em torno da estátua feliz. Uns protestavam contra a loucura daquela pertinácia, pedindo para seu castigo um número negro; outros se entusiasmavam com ela e soltavam bravos de aplauso; outros ainda calculavam o ouro acumulado, somando os lances.

E o banqueiro, cada vez mais pálido, tomava com a mão trêmula a bola fatídica, e, a tremer, fazia-a girar na gamela dos números, e, a tremer, anunciava ofegante o número vencedor que era sempre vermelho.

Cada número vinha acompanhado de um coro de pragas e gargalhadas.

Até que, num desalento do capitão vencido, o banqueiro, dando ainda o último vermelho, anunciou com uma voz de náufrago sem esperanças:

– Banca[8]... À glória!

Mas, nem assim, o imperturbável jogador misterioso fizera o menor gesto; ao passo que em redor dele se acotovelavam os viciosos de ambos os sexos e de todas as nações, formando uma rumorosa e irrequieta muralha, ansiosa de curiosidade.

Chamaram-no de todos os lados, em todas as línguas e em todos os tons.

Ele se não moveu.

Tocaram-lhe no ombro; tocaram-lhe na cabeça.

Nada!

Sacudiram-lhe o corpo.

A estátua continuou imóvel.

Então, dois homens, tomando cada um uma das mãos do fidalgo, arrancaram-lhas do rosto, enquanto um terceiro lhe levantava a cabeça.

E um só grito de horror partiu dentre toda aquela gente.

Quem à glória levara a banca e ali estava imóvel a jogar com eles durante a noite, provocado pelas mulheres e invejado pelos homens, era um cadáver frio, de olhos escancarados, a boca semiaberta, e com duas lágrimas compridas escorrendo pela algidez[9] das faces contraídas.

Largaram-no espavoridos; e o morto tombou com a cabeça sobre a mesa, colando o rosto e as mãos de mármore sobre o seu ouro, como se o quisesse defender da cobiça dos outros jogadores sobreviventes, que já discutiam aos gritos a legitimidade daquela posse.

Algidez[9]: estado ou qualidade daquilo que é muito frio, gélido.

O IMPENITENTE

Conto-vos o caso como mo contaram.

Frei Álvaro era um bom homem e um mau frade. Capaz de todas as virtudes e de todos os atos de devoção, não tinha todavia a heroica ciência de domar os impulsos de seu voluptuoso temperamento de mestiço e, a despeito dos constantes protestos que fazia para não pecar, pecava sempre. Como extremo recurso, condenara-se, nos últimos tempos, a não arredar pé do convento. À noite fechava-se na cela, procurando penitenciar-se dos passados desvarios; mas só reprimir o irresistível desejo de recomeçá-los era já o maior dos sacrifícios que ele podia impor à sua carne rebelde.

Chorava.

Chorava, ardendo de remorsos por não poder levar de vencida os inimigos da sua alma envergonhada; chorava por não ter forças para fazer calar os endemoniados hóspedes do seu corpo, que, dia e noite, lhe amotinavam o sangue. Quanto mais violentamente procurava combatê-los, tanto mais viva lhe acometia o espírito a incendiária memória dos seus amores pecaminosos.

E no palpitante cordão de mulheres, que em vertigem lhe perpassavam cantando diante dos desejos torturados, era Leonília, com seus formosos cabelos pretos, a de imagem mais nítida, mais persistente e mais perturbadora.

Em que dia a vira pela primeira vez e como se fizera amar por ela, não o sei, que esses monásticos amores só chegam a ser percebidos pelos leigos como eu, quando o fogo já minou de todo e abriu em labareda, a lançar fumo até cá fora. À primeira faísca e às primeiras brasas, nunca ninguém, que eu saiba, os pressentiu, nem deles suspeitou.

Certo é que, durante belos anos, Frei Álvaro, meia-noite dada, fugia aos muros do seu convento e, escolhendo escuras

ruas, e cosendo-se à própria sombra, ia pedir à alcova[1] de Leonília o que não lhe podia dar a solidão da cela.

Pertenceria só ao frade a bela moça? Não o creio.

E ele? Seria só dela? Também não, pois reza a lenda, donde me vem o caso, que, em vários outros pontos da cidade, Frei Álvaro era igualmente visto fora de horas, embuçado e suspeito, correndo sem dúvida em busca de profanas consolações daquele mesmo gênero.

Mas, no martírio da reclusão a que por último se votara, era seguro a lembrança de Leonília o seu maior tormento. E assim aconteceu que, certa noite, à força de pensar nela, foi tal o seu desassossego de corpo e alma, que o frade não pôde rezar, nem pôde dormir, nem pôde ler, nem pôde fazer nada. Com os olhos fechados ou abertos, tinha-a defronte deles, linda de amor, a enlouquecê-lo de saudade e de desejo.

Então, desistindo da cama e dos livros, pôs-se à janela, muito triste, e ficou longo tempo a consultar a noite silenciosa. Lá fora a lua, inda mais triste, iluminava a cidade adormecida, e no alto as estrelas parecia que pestanejavam de tédio. Nada lhe mandava um ar de consolação para aquela infindável tortura de desejar o proibido.

De repente, porém, estremeceu, sem poder acreditar no que viam seus olhos.

Seria verdade ou seria ilusão dos seus atormentados desejos?... Lá embaixo, no pátio, dentro dos muros do convento, um vulto de mulher passeava sobre o lajedo[2].

Não podia haver dúvida!... Era uma mulher, uma mulher toda de branco, com a cabeça nua e os longos cabelos negros derramados.

Céus! E era Leonília!... Sim, sim, era ela, nem podiam ser de outra mulher aqueles cabelos tão formosos e aquele airoso menear de corpo! Sim, era ela... Mas, como entrara

Alcova[1]: aposento adjacente a uma sala e de dimensões reduzidas, destinado a servir de dormitório.
Lajedo[2]: pavimento estruturado com lajes de concreto armado.

ali?... Como se animara a tanto?

E o frade, sem mais ter mão em si, correu a tomar o chapéu e a capa e lançou-se como um doido para fora da cela.

Atravessou fremente os longos corredores, desgalgou escadaria de pedra e ganhou o pátio.

Mas o vulto já lá não estava.

O monge procurou-o, aflito, por todos os cantos. Não o encontrou.

Correu ao parapeito que dava do alto para a rua, sobre o qual se debruçou ansioso e, com assombro, descobriu de novo o misterioso vulto, agora lá fora, a passear embaixo, à luz do lampião de gás.

Já impressionado de todo, Frei Álvaro desceu de um relance as escadas do átrio[3], escalou as grades do mosteiro e saltou à rua.

O vulto já não se achava no mesmo ponto; tinha-se afastado para mais longe. Frei Álvaro atirou-se para lá em disparada, mas o vulto deitou a correr, fugindo na frente dele.

– Leonília! Leonília! Espera! Não me fujas!

O vulto corria sempre, sem responder.

– Olha que sou eu! Atende!

Leonília parou um instante, voltou o rosto para trás, sorriu, e fugiu de novo quando o monge se aproximava.

Afinal já não corria, deslizava, como se fora levada pelas frescas virações[4] da noite velha, que lhe desfraldavam as saias e os cabelos flutuantes.

E o monge a persegui-la, ardendo por alcançá-la.

– Atende! Atende! Flor de minha alma! – suplicava ele, já com a voz quebrada pelo cansaço. – Atende, pelo amor de Deus, que deste modo me matas, criminosa!

Ela, ao escutar-lhe as sentidas vozes, parecia atender, suspendendo o voo, não por comovida, mas por feminil negaça[5],

Átrio[3]: pátio interno, fechado por alas de concreto.
Virações[4]: aragem ou vento fresco e suave que costuma soprar à tarde do mar para a terra; brisa marinha.
Feminil negaça[5]: artifício feminino para iludir ou seduzir. Negação dissimulada, afetada; o que chama a atenção, desperta o interesse ou é usado com essa finalidade.

a rir provocadora, braços no ar e o calcanhar suspenso, pronta, mal o frade se chegasse, a desferir nova carreira.

E assim venceram ambos ruas e becos, quebrando esquinas, cortando largos e praças. O frade tinha já perdido a noção do tempo e do lugar, e estava prestes a cair exausto, quando, vendo a moça tomar certa ladeira muito conhecida deles dois, criou novo ânimo e prosseguiu na empresa, sem afrouxar o passo.

– Vai recolher-se a casa! – concluiu de si para si. Não me quis falar na rua... Ainda bem!

Leonília, com efeito, ao chegar à porta da casa, onde outrora o religioso fruía as consolações que o seu mosteiro lhe negava, enfiou por ela e sumiu-se sem ruído.

O frade acompanhou-a de carreira, mas já não a viu no corredor e foi galgando a escada. Encontrou em cima a porta aberta, mas a sala tenebrosa e solitária; penetrou nela, tateando, e seguiu adiante, sem topar nenhum móvel pelo caminho.

– Leonília! – chamou ele.

Ninguém lhe respondeu.

O quarto imediato estava também franqueado[6], também deserto e vazio, mas não tão escuro, graças à luz que vinha da sala do fundo. O religioso não hesitou em precipitar-se para esta; mas, ao chegar à entrada, estacou, soltando um grito de terror.

Gelara-lhe o sangue o que se lhe ofereceu aos olhos. Eriçaram-se-lhe os cabelos; invencível tremor apoderou-se do seu corpo inteiro.

A sala de jantar, onde tantas vezes, feliz, ceara a sós com Leonília, estava transformada em câmara mortuária, toda funebremente paramentada de cortinas de veludo negro, que pendiam do teto, consteladas de lantejoulas e guarnecidas de caveiras de prata. Só faltava o altar. No centro, sobre uma

Franqueado[6]: livre, com entrada permitida, aberto.

grande essa[7], negra e enfeitada de galões dourados, havia um caixão de defunto. Dentro do caixão um cadáver todo de branco, cabelos soltos. Em volta, círios ardiam, altos, em solenes tocheiros, cuspindo a cera quente e o fumo cor de crepe.

O monge, lívido e trêmulo, aproximara-se do catafalco[8]. Olhou para dentro do caixão e recuou aterrado.

Reconhecera o cadáver. Era da própria mulher que pouco antes o fora buscar ao convento e o viera arrastando até ali pelas ruas da cidade.

Sem ânimo de formular um pensamento, o frade deixou-se cair de joelhos sobre o negro tapete do chão e, arrancando do seio o seu crucifixo, abraçou-se com este e começou a rezar fervorosamente.

Rezou muito, de cabeça baixa, o rosto afogado em lágrimas. Depois, ergueu-se, foi ter à essa, pôs-se na ponta dos pés para poder alcançar com os lábios o rosto do cadáver e pousou nas faces enregeladas um extremo beijo de amor.

Em seguida, olhou em derredor de si, desconfiado e tímido, e, como não houvesse na sala uma só imagem sagrada em companhia da morta, desprendeu do pescoço o crucifixo e foi piedosamente dependurá-lo na parede, à cabeceira dela.

Mas, nesse mesmo instante, as tochas apagaram-se de súbito e fez-se completa escuridão em torno do impenitente. Foi às apalpadelas que ele conseguiu chegar até à porta de saída e ganhar a rua.

Lá fora a noite se tinha feito também negra e os ventos se tinham desencadeado em fúria, ameaçando tempestade. O monge deitou a fugir para o mosteiro, sem ânimo de voltar o rosto para trás, como temeroso de que Leonília por sua vez o perseguisse agora até ao domicílio.

Quando alcançou a cela tiritava[9] de febre.

Acharam-no pela manhã, sem sentido, defronte do seu

Essa[7]: estrado alto sobre o qual se coloca o caixão de um morto a quem se deseja prestar honras. O mesmo que catafalco.
Catafalco[8]: o mesmo que essa.
Tiritava[9]: tremia.

oratório, joelhos em terra, braços pendidos, cabeça de borco sobre um degrau do altar.

Só muitos dias depois, um dia de sol, conseguiu sair à rua, ainda pálido e desfeito. Seu primeiro cuidado foi correr aonde morava Leonília e rondar a casa em que a vira morta.

Encontrou-a fechada e com letreiro anunciando o aluguel.

– Está vazia, depois que nela morreu o último inquilino, explicou um vizinho.

– Há muitos dias? – quis saber o frade. E estremeceu quando ouviu dizer que havia uns oito ou dez.

– E o morador, quem era? – perguntou ainda.

– Era uma mulher. Chamava-se Leonília... Morreu de repente.

– Ah!

– Se quer alugar a casa, encontra a chave ali na esquina...

Frei Álvaro agradeceu, despediu-se do informante, foi buscar a chave, abriu a porta, entrou e percorreu toda a casa.

Só ele, além de Deus, soube a impressão que sentiu ao contemplar aquelas salas e aqueles quartos.

– Estranho caso!... – disse consigo, sem ânimo de olhar de rosto para o temeroso abismo da dúvida. – Fui vítima de uma alucinação que coincidiu com a morte desta querida cúmplice dos meus pecados de amor...

E, enxugando os olhos, ia retirar-se, conformado com a dupla dor da saudade e do remorso, quando, ao passar rente de certa parede, estremeceu de novo.

Tinha dado com os olhos no seu crucifixo, do qual já nem se lembrava. Permanecia pendurado no mesmo ponto em que o monge o deixara na terrível noite.

O MADEIREIRO

— Sua ama está em casa, rapariga?

— Está, sim, senhor. Tenha a bondade de dizer quem é.

— Diga-lhe que é a pessoa que ela espera para jantar.

— Ah! Pode subir... Minha ama vem já.

Entrei e reconheci a saleta, onde eu dantes fora recebido tantas vezes pela viuvinha do general.

Quanta recordação! Vira-a uma noite no Clube de Regatas; apresentou-ma um jornalista então em moda; dançamos e conversamos muito. Ao despedir-nos, ela, com um sorriso prometedor, disse-me que costumava receber às terças-feiras os amigos em sua casa e que eu lhe aparecesse.

Fui, e um mês depois éramos mais do que amigos, éramos amantes.

Adorável criatura! Simples, inteligente e meiga. No entanto, o meu amor por ela fora sempre um tanto frouxo e preguiçoso. Aceitava e desfrutava a sua ternura como quem aceita um obséquio de cortesia. Teria eu porventura o direito a recusá-la?...

Mas, assim como nasceram, acabaram os nossos amores; uma ocasião cheguei tarde demais à entrevista; de outra vez lá não fui; depois esperei-a e ela não se apresentou; até que um dia, quando dei por mim, reparei que já não era seu amante.

Seis meses já lá se iam depois disto, e eis que uma bela manhã, ao levantar-me da cama, entregaram-me uma carta.

Era dela.

"Meu amigo.

Sei que conserva as minhas cartas e peço-lhe que m'as restitua. Venha jantar comigo, mas não se apresente sem elas. É um caso sério, acredite.

São vinte. Não me falte e conte com a estima de quem espera merecer-lhe este último obséquio.

Afianço que será o último. – Sua amiga,
Laura."

Para que diabo quereria ela as suas cartas?... Teria receio de que as mostrasse a alguém?... Impossível!

Principiavam-me estas considerações, quando se rasgou a cortina da saleta e a viuvinha do general surgiu defronte de mim.

– Com efeito! – disse ela. – Só assim o tornaria a ter em minha casa! Bons olhos o vejam!

Beijei-lhe a mão.

– Trouxe?... – perguntou.

– Suas cartas? Pois não! Bem sabe que para mim as suas ordens são sagradas...

– Ainda bem. Sente-se.

Sentamo-nos ao lado um do outro. Ela recendia uma combinação agradável de cananga do Japão e sabonete inglês; tinha um vestido de linho enfeitado de rendas; e na frescura aveludada do seu colo destacava-se um medalhão de ônix.

– Então, que fantasia foi essa?... – interroguei, depois de um silêncio em que nos contemplamos com o mesmo sorriso.

E no íntimo já estava gostando de haver lá ido. Achava-a mais galante; quase que me parecia mais moça e mais bonita.

– Que fantasia?...

– A de exigir as suas cartas...

Ela fez do seu meio sorriso um sorriso inteiro.

– Tinha receio de que alguém as visse?... – perguntei, tomando-lhe as mãos entre as minhas.

– Não! Suponho-o incapaz de tal baixeza...

– Então?...

– Mas para que deixá-las lá?... Está tudo acabado entre nós...

E retirou a mão.

Eu cheguei-me mais para ela.

– Quem sabe?... – disse.

Laura soltou uma risada.

– Você há de ser sempre o mesmo!... Não se lembraria de mim se não recebesse o meu bilhete, e agora... Tipo!

– Não digas tal, que é uma injustiça!

– Espere! Tire a mão da cinta! Tenha juízo!

– Já não te mereço nada?...

– Deixe em paz o passado e tratemos do futuro. Eu quero que você seja meu amigo...

Dizendo isto, erguera-se e fora abrir uma janela que despejava sobre o jardim.

– Está então tudo acabado?... Tudo? – inquiri, erguendo-me também, e envolvendo-a no meu desejo, que ela fazia agora reviver, maior do que nunca.

É que incontestavelmente o demônio da viuvinha estava muito mais apetitosa. Nunca tivera aqueles ombros, aquele sorriso tão sanguíneo e aqueles dentes tão brancos! Seus olhos ganharam muito durante a minha ausência, estavam mais úmidos e misteriosos, quase brejeiros![1] O seu cabelo parecia-me mais preto e mais lustroso; a sua pele mais pálida, com uma cheirosa frescura de magnólia. Todos os seus movimentos adquiriram inesperada sedução; e o seu quadril havia enrijado de um modo surpreendente; o seu colo tomara irresistíveis proeminências que meus olhos cobiçosos não se fartavam de beijar.

– Então, tudo acabado, hein?...

– Tudo!

– Tudo? Tudo?...

– Absolutamente!

– Para sempre?

– Você assim o quis, meu amigo! Queixe-se de si!

Brejeiros[1]: que têm como características a simpatia, a vivacidade e, por vezes, certa malícia.

Ia lançar-lhe as mãos e fechá-la num abraço; ela, porém, desviou-se, ordenando-me com um gesto muito sério que me contivesse, puxou duas cadeiras para junto da janela e pediu-me que a ouvisse com toda a atenção.

— Sabe por que lhe exigi as minhas cartas?...

— Por quê?

— Porque vou casar...

— Como? A senhora disse que ia casar?!

— Dentro de dois meses.

— Com quem, Laura?

E fiquei também eu muito sério.

— Com um negociante de madeiras.

— Um madeireiro?

Ela meneou afirmativamente a cabeça; eu fiz um trejeito de bico com os lábios e pus-me a sacudir a perna.

— S'tá bom!

— Que quer você?... Uma senhora nas minhas condições precisa casar!...

— Ora esta! Um madeireiro!...

— Que me ama muito mais do que você me amou, tanto assim que está disposto a fazer o que você nunca teve a coragem de imaginar sequer! E juro-lhe, meu amigo, que saberei merecer a confiança de meu marido! Serei em virtude o modelo das esposas!...

Olhei-a de certo modo.

— Não seja tolo! — disse ela em resposta ao meu olhar.

E fugiu lá para dentro, sem consentir que eu a acompanhasse.

Só nos tornamos a ver meia hora depois, já à mesa do jantar.

— E as cartas? — reclamou ela.

Tirei o maço do bolso, desatei-lhe a fitinha cor-de-rosa

que o atava; contei as cartas, estavam todas as vinte metodicamente numeradas, com as competentes datas em cima escritas em letra boa.

Mas não tive ânimo de entregá-las.

– Olhe! – disse – Trago-lhas noutro dia... Se as restituir agora, que pretexto posso ter para voltar cá?...

– Hein? Como? Isso não é de cavalheiro!...

– Não sei! Quem lhe mandou ficar mais sedutora do que era?

– Está então disposto a não entregar as minhas cartas?...

– E até a servir-me delas como arma de vingança!

Laura franziu a sobrancelha e mordeu os beiços.

Tínhamos já cruzado o talher da sobremesa e bebíamos, calados ambos, a nossa taça de champanhe.

O silêncio durou ainda bastante tempo. Ela só o quebrou para perguntar, muito seca, se eu queria mais açúcar no café.

E continuamos mudos.

Afinal, acendi um charuto e arrastei minha cadeira para junto da sua.

– É melhor ser minha amiga... segredei passando-lhe o braço na cintura.

– Não desejo outra cousa, balbuciou ressentida e magoada. Peço-lhe juntamente que me proteja como amigo, em vez de pôr obstáculos ao meu futuro. Que diabo! Eu preciso casar!...

– Eu lhe entrego as cartas... Descanse.

– Então dê-mas!

– Com a condição de prolongar a minha visita até mais tarde...

– Mas...

– E fazermos um pouco de música ao piano como dantes. Está dito?

– Jura que me entrega depois as cartas?...

– Dou-lhe a minha palavra de honra.

– Pois então fique.

Às onze e meia, Laura apresentou-me o chapéu e a bengala.

Repeli-os e declarei positivamente que não lhe entregaria as cartas, se ela não me concedesse por aquela noite, aquela noite só, gozar ainda uma vez dos direitos que dantes o seu amor me conferia tão solicitamente.

Ela a princípio não quis, mostrou-se zangada; mas eu insisti, supliquei, jurei que seria a última vez, a última!

E não saí.

Pela manhã, depois do almoço, Laura exigiu de novo as suas cartas.

Tirei o pacotinho da algibeira[2], abri-o, contei dez.

– É a metade. Aí ficam!

– Como a metade?...

– Pois, Laura, você me acha tão tolo que te entregasse logo todas as tuas cartas?... E depois, em troca do que te pediria que prolongasses um outro jantar como o de ontem?...

– Isso é uma velhacada!

– Que seja!

– Estou quase não aceitando nenhuma!

– Daqui a uma semana vir-te-ei trazer as outras dez. Está dito?

– Tratante!

Daí a uma semana, com efeito, lá ia eu, com as dez cartinhas na algibeira, em caminho da casa de Laura. E nunca em minha vida esperei com tanta ânsia a hora de uma entrevista de amor. Os dias que a precederam afiguraram-se-me intermináveis e tristes. A viuvinha também se mostrava ansiosa, quando menos por apanhar as suas cartas.

Mas, coitada! Não recebeu as dez, recebeu cinco.

Pois se a achei ainda mais arrebatadora nesta segunda

concessão que na primeira!...

E na seguinte semana recebeu apenas duas cartas, e nas outras que se seguiram recebeu uma de cada vez.

Ah! mas também ninguém poderá imaginar a minha aflição ao desfazer-me da última! Um jogador não estaria mais comovido ao jogar o derradeiro tento! Eu ia ficar completamente arruinado; ia ficar perdido; ia ficar sem Laura, o que agora se me afigurava a maior desgraça deste mundo!

Arrependi-me de lhe ter dado dez logo de uma vez e cinco da outra. Que grande estúpido fora eu! Esbanjara o meu belo capital, quando o podia ter feito render por muito tempo!...

Então o espetro do madeireiro surgiu-me à fantasia, como eu o imaginava: bruto, vermelho, gordo e suarento. E Laura, ao meu lado, no abandono tépido da sua alcova sorria triunfante, porque tinha resgatado o único laço que a prendia a outro homem. Estava livre!

Rasguei a carta ao meio.

— Aqui tem — disse passando-lhe metade da folha de papel. Ainda me fica direito a um almoço e metade de uma noite em sua companhia... Peço-lhe que me deixe voltar...

Ela riu-se, e só então reparei que meus olhos estavam cheios d'água.

— Queres que te passe de novo o baralho?... — perguntou-me enternecida, cingindo-se[3] ao meu peito.

— Se quero!... Isso nem se pergunta!

— Mas agora é a minha vez de pôr a condição...

— Qual é?

— Só tornaremos a jogá-lo depois de casados, serve-te?

— E o madeireiro? Ele não tem cartas tuas?

— Tranquiliza-te que, além de meu marido, eu só amei e escrevi a um homem, que és tu!

– Pois aceito com todos os diabos! E, como ainda tenho jus a um almoço, não preciso sair já!

Uma semana depois, Laura dizia-me à volta da igreja:

– Mas, meu querido, como queres tu que eu te mostre uma pessoa que não existe?...

– Como não existe?... Então o teu ex-noivo, o célebre madeireiro, cujo retrato trazias no medalhão de ônix...

– Qual noivo! Aquela fotografia é de um jardineiro que tive há muitos anos e que morreu aqui em casa.

– Então tudo aquilo foi?...

– Foi o meio de arrastar-te para junto de mim, tolo! e reconquistar o teu amor, que era tudo o que ambicionava nesta vida!

INSEPULTOS

Havia nada menos de trinta e cinco anos que eu deixara minha cidade natal quando lá tornei pela primeira vez.

Trinta e cinco anos! Quantas voltas não dera o mundo durante essa larga ausência! De lá saíra levando por única bagagem – pobre órfão desamparado! – um leve saco cheio de ilusões, e voltava agora triunfante, de novo sozinho é verdade, mas com o meu saco cheio de ouro até a boca.

Como é de calcular, tão brilhante foi a volta quão mesquinha e triste tinha sido a partida; receberam-me com música, vivas e foguetes, numa estrondosa manifestação de entusiasmo; e desde logo por diante começaram a ferver em volta do meu nome ou do meu título os melhores e mais carinhosos adjetivos, como em volta de mim ferveram as festas, os bailes e os regalos.[1]

Tomaram-me por tal modo que me não deixaram tempo sequer para lembrar-me da única pessoa talvez que tivesse tido uma lágrima sincera quando de lá parti, desamparado e pobre.

Foi essa gentil pessoa a dona dos meus primeiros amores. Um romancete dos dezoito anos. – Ah! como nesse tempo meu coração era puro! – Vi-a uma vez numa festa de arraial e logo ficamos namorados. Chamava-se Alice. Consegui relacionar-me com a família dela; depois tivemos entrevistas ao fundo do quintal de sua casa, debaixo de um caramanchão[2] de jasmins. Fiz-lhe, trêmulo, com as suas pequeninas mãos entre as minhas, a confissão do meu amor; ela abaixou os olhos enrubescendo[3] e, toda confusa, toda medrosa, jurou, balbuciando como num sonho, que só a mim queria por toda a vida e só a mim aceitaria por esposo.

E parti, no entanto, para o Rio de Janeiro sem ao menos lhe dizer adeus, porque nessa ocasião estava Alice fora da cida-

Regalos[1]: mimos, presentes.
Caramanchão[2]: estrutura leve construída em parques ou jardins, geralmente de madeira, usada para se cobrir de vegetação.
Enrubescendo[3]: tornando(-se) rubro; avermelhando(-se), corando.

de. Mas, por muitas vezes, nos meus primeiros desenganos e na febre das minhas lutas pela vida e principalmente depois na ressaca das minhas vitórias sem mérito, a sua singela imagem, graciosa e casta, vinha alegrar a sombria aridez dos castelos da minha ambição com a brancura das suas asas, como alva pomba vai às vezes pousar na enegrecida torre de uma velha igreja abandonada e vazia.

Amigo desmemoriado e ingrato que és tu, meu pobre coração! Só três meses depois da minha estada na província – três meses! – te lembraste de Alice! E achaste-a de novo, perjuro![4] Achaste-a, de memória, na amargura da tua velha saudade, como no fundo de um venturoso sonho extinto! Achaste-a, a fitar-me ainda do passado, com os seus grandes olhos inocentes e amorosos. Achaste-a, sim, que meus lábios ainda sentiram a doce impressão da inocente boca de donzela que os beijou noutro tempo! Achaste-a, que em minha alma cansada respirou ainda o delicado aroma que eu nela adivinhava dantes, como se adivinha no botão de rosa o perfume que há de ter a flor desabrochando.

Ah! Muito e muito me impressionaram semelhantes recordações! Impressionaram-me tanto que, quando depois me achava em sociedade, instintivamente iam sempre meus olhos procurar no grupo das damas alguma que me desse ideia da formosa criatura por quem meu coração gemeu a primeira nota de amor. Mas qual! Estavam todas bem longe de lembrar sequer aquela graça meiga e despretensiosa, aquele doce agrado, humilde, quase infantil, que em Alice me cativaram. Em nenhum daqueles olhos de mulher que agora me cobiçavam, em nenhum daqueles sorrisos que nas salas me seguiam atados numa esperança de casamento rico, encontrava eu o mais ligeiro vislumbre do amor passado, daquele amor que eu vira outrora nos olhos dela, tão natural e sincero!

Perjuro[4]: aquele ou o que jura em falso, mente.

Mas uma noite, no palácio do presidente, por ocasião de um baile que me era oferecido, ruminava a minha incoercível[5] saudade ao fundo de uma janela, quando notei que viera colocar-se ao meu lado uma senhora gorda, idosa e respeitável. Aprumei-me logo, vergando-me galantemente, de claque[6] em punho, e, antes de achar tempo para dizer qualquer banalidade de cortesia, reparei que ela me fitava com estranha insistência.

Tive um sobressalto. O coração bateu-me com mais força. Entre nós dois cavou-se um profundo silêncio, frio e desconsolado como a velhice.

Encaramo-nos ainda um instante, sem dar palavra; depois, voltando pouco a pouco do meu abalo, senti ir acordando a minha memória defronte daquela triste e cansada fisionomia, que ali me fitava obstinadamente, como se por detrás dela uma alma oculta me estivesse espiando do passado.

E reunindo, como depois de um naufrágio, os miseráveis destroços de uma querida formosura que já não existia senão na memória do meu coração e na poesia da minha saudade, balbuciei com os lábios trêmulos e os olhos úmidos:

– Alice!

Ela sorriu tristemente e conservou-se muda.

No fim de algum tempo suspirou e disse-me que estava à espera de ver se eu ainda a reconheceria.

Aproximamo-nos então um do outro e conversamos. Contou-me que já tinha netos. Enviuvara com seis filhos e sofrera muito desde o primeiro parto.

Em seguida vieram as recordações, e tudo lembrado por ela, com uma voz em que faltavam dentes e uma comoção que lhe fazia os olhos menores e mais empapuçados.

E eu, enquanto a ouvia, examinava-a disfarçadamente, procurando descobrir e colher uma lembrança da encantadora companheira dos meus primeiros sonhos por entre aqueles fúnebres restos insepultos.

Incoercível[5]: que não se pode conter, comprimir, encerrar.
Claque[6]: tipo de chapéu alto, de molas, que se fecha.

Que terrível desilusão, meu Deus!

Oh! Por que aquela desumana criatura consentiu que eu a visse assim, indecorosamente descomposta de beleza? Por que aquela insensata não fugiu para dentro do mundo, não se escondeu na terra, antes que a senilidade[7] lhe viesse daquele modo ultrajar tão miseravelmente o corpo que eu até esse instante divinizava na minha saudade?

Ela, coitada! Como se percebera o meu íntimo juízo, fez-me notar, jovialmente, que também eu pelo meu lado estava bem longe de lembrar o que fui. E de novo entristecida, malgrado[8] o esforço que fazia para alegrar o rosto, recordou-me, com um inquietante sorriso, os meus belos cabelos de moço, quando eu os tinha negros, abundantes e anelados; e referiu-se, meneando[9] a cabeça desconsoladamente, à extinta alvura dos meus dentes e à rosada frescura primitiva de meus lábios, outrora tão bonitos e tão senhores dos seus últimos beijos de criança e dos seus primeiros beijos de mulher. E, fitando meus olhos, parecia procurar neles uns olhos que não eram os meus, mas ia com os dela entrando por eles familiarmente, para vir cá dentro de mim buscar os outros, os seus íntimos, os seus alegres companheiros de mocidade, que deviam lá estar ainda nesse passado feliz que cada um de nós carinhosamente continuava a guardar no fundo d'alma.

Acordei-a desse devaneio com uma facécia desenxabida,[10] falando do meu bigode branco e da minha calva.

Rimo-nos ambos e continuei a rir durante o resto da nossa conversa. Mas, enquanto eu ria e gracejava, ia-me entrando traiçoeiramente no coração um hóspede sombrio, uma sinistra amargura, que principiava a instalar-se nele, varrendo para fora os últimos farrapos de ilusão que o intruso ainda encontraria lá dentro, esquecidos pelo chão e pelas paredes frias.

Não pude demorar-me ali. Dei-me por indisposto e retirei-me em meio da festa, sem levar na deserção outro

Senilidade[7]: velhice, decrepitude.
Malgrado[8]: apesar de, não obstante.
Meneando[9]: movendo alternadamente de um lado para outro; balançando.
Facécia desenxabida[10]: chacota, gracejo insosso; piada sem graça.

companheiro além de um charuto, acendido no momento de tomar o carro.

Ao entrar em casa dispensei o criado, recolhi-me sozinho aos meus aposentos e, ao passar pelo espelho do guarda-roupa, mirei-me longa e silenciosamente, como se só então e de surpresa me visse tão velho e acabrunhado,[11] estranhando por tal modo a minha própria imagem como se naquele instante desse cara a cara com um desconhecido que eu não sabia donde vinha, nem o que de mim queria, para estar ali a fixar-me com tamanha impertinência.

Maldita sombra importuna! Maldito despojo[12] de mim mesmo!

Traço por traço examinei-me da cabeça aos pés; todo eu, como Alice, tinha já desaparecido na melhor parte, e os meus restos eram cabelos sem cor, olhos sem luz, boca sem beijos e alma sem dono.

Como eu estava retardado neste mundo!

Despi-me. Não pude ler nem pensar, nem fazer nada. Pus-me a fumar, estirado no divã, perdido numa infinidade de tolices aborrecidas. De vez em quando observava com tédio as minhas mãos engelhadas,[13] o meu ventre disforme, as minhas pernas trôpegas e os meus pés deformados.

Oh! Definitivamente esta vida era uma mistificação e não valia a pena viver! Isto é, trabalhar tanto, desejar tanto, e para quê? Para ir morrendo, até nos estalar afinal a última fibra e rolar dentro da terra indiferente mais um pouco de lama.

E senti um doloroso e vago desejo de não continuar a existir, mas sem morrer; uma insaciável vontade de desertar[14] do presente para o passado extinto; volver-me[15] de novo o que eu fora, desprotegido e pobre, mas rico de inexperiência, com a minha mocidade inteira e inteiro o meu tesouro de ilusões; e que eu pudesse ir pelo passado adentro, correndo, até chegar de novo aos dezoito anos, e atravessar então o muro do quintal

Acabrunhado[11]: abatido, tristonho, desolado.
Despojo[12]: tudo aquilo que sobra; restos, fragmentos.
Engelhadas[13]: enrugadas.
Desertar[14]: fugir, afastar-se.
Volver[15]: retornar, voltar.

daquela Alice, que não morrera e que já vivia, e cair-lhe aos pés, debaixo do cheiroso caramanchão de jasmins, e beijar-lhe os dedos brancos e mimosos, e dizer-lhe com a minha boca de moço mil coisas de amor e ouvir em resposta: "Eu te amo! Eu te amo!"; e poder acreditar nestas palavras sem a mais ligeira sombra de desconfiança, como outrora, quando elas saíam quentes do coração de Alice para estalarem à superfície da boca num beijo contra meus lábios.

E depois, abraçado com ela, eternamente jovens como os amantes que os poetas celebram nos seus poemas de amor, queria fugir para um outro mundo bem longe deste, ideal e puro, onde não houvesse dinheiro nem honrarias, e onde se não fosse apodrecendo em vida, aos poucos, como nesta miserável terra em que nos arrastamos sem asas.

DEMÔNIOS

O meu quarto de rapaz solteiro era bem no alto; um mirante isolado, por cima do terceiro andar de uma grande e sombria casa de pensão da rua do Riachuelo, com uma larga varanda de duas portas, aberta contra o nascente, e meia dúzia de janelas desafrontadas,[1] que davam para os outros pontos, dominando os telhados da vizinhança.

Um pobre quarto, mas uma vista esplêndida! Da varanda, em que eu tinha as minhas queridas violetas, as minhas begônias e os meus tinhorões, únicos companheiros animados daquele meu isolamento e daquela minha triste vida de escritor, descortinava-se amplamente, nas encantadoras nuanças da perspectiva, uma grande parte da cidade, que se estendia por ali afora, com a sua pitoresca acumulação de árvores e telhados, palmeiras e chaminés, torres de igreja e perfis de montanhas tortuosas, donde o sol, através da atmosfera, tirava, nos seus sonhos dourados, os mais belos efeitos de luz. Os morros, mais perto, mais longe, erguiam-se alegres e verdejantes, ponteados de casinhas brancas, e lá se iam desdobrando, a fazer-se cada vez mais azuis e vaporosos, até que se perdiam de todo, muito além, nos segredos do horizonte, confundidos com as nuvens, numa só coloração de tintas ideais e castas.

Meu prazer era trabalhar aí, de manhã bem cedo, depois do café, olhando tudo aquilo pelas janelas abertas defronte da minha velha e singela mesa de carvalho, bebendo pelos olhos a alma dessa natureza inocente e namoradora que me sorria, sem fatigar-me jamais o espírito, com a sua graça ingênua e com a sua virgindade sensual.

E ninguém me viesse falar em quadros e estatuetas; não! Queria as paredes nuas, totalmente nuas, e os móveis sem adornos, porque a arte me parecia mesquinha e banal em confronto com aquela fascinadora realidade, tão simples, tão

Desafrontadas[1]: livres do calor; arejadas.

despretensiosa, mas tão rica e tão completa.

O único desenho que eu conservava à vista, pendurado à cabeceira da cama, era um retrato de Laura, minha noiva prometida, e esse feito por mim mesmo, a pastel, representando-a com a roupa de andar em casa, o pescoço nu e o cabelo preso ao alto da cabeça por um laço de fita cor-de-rosa.

I

Quase nunca trabalhava à noite; às vezes, porém, quando me sucedia acordar fora de horas, sem vontade de continuar a dormir, ia para a mesa e esperava lendo ou escrevendo que amanhecesse.

Uma ocasião acordei assim, mas sem consciência de nada, como se viesse de um desses longos sonos de doente a decidir; desses profundos e silenciosos, em que não há sonhos, e dos quais, ou se desperta vitorioso para entrar em ampla convalescença, ou se sai apenas um instante para mergulhar logo nesse outro sono, ainda mais profundo, donde nunca mais se volta.

Olhei em torno de mim, admirado do longo espaço que me separava da vida e, logo que me senti mais senhor das minhas faculdades, estranhei não perceber o dia através das cortinas do quarto, e não ouvir, como de costume, pipilarem[2] as cambaxirras[3] defronte das janelas por cima dos telhados.

– É que naturalmente ainda não amanheceu. Também não deve tardar muito... calculei, saltando da cama e enfiando o roupão de banho, disposto a esperar sua alteza o sol, assentado à varanda a fumar um cigarro.

Entretanto, coisa singular! Parecia-me ter dormido em demasia; ter dormido muito mais da minha conta habitual. Sentia-me estranhamente farto de sono; tinha a impressão lassa[4] de quem passou da sua hora de acordar e foi entrando, a dormir, pelo dia e pela tarde, como só nos acontece depois de uma grande extenuação nervosa ou tendo anteriormente

Pipilar[2]: emitir um pio; piar, pipiar.
Cambaxirras[3]: aves bastante comuns no Brasil; têm o bico longo, plumagem parda com pequenas faixas negras nas asas e cauda, e o ventre mais claro.
Lassa[4]: fatigada, esgotada por trabalho excessivo do corpo ou da mente; cansada.

perdido muitas noites seguidas.

Ora, comigo não havia razão para semelhante coisa, porque, justamente naqueles últimos tempos, desde que estava noivo, recolhia-me sempre cedo e cedo me deitava. Ainda na véspera, lembro-me bem, depois do jantar saíra apenas a dar um pequeno passeio, fizera à família de Laura a minha visita de todos os dias, e às dez horas já estava de volta, estendido na cama, com um livro aberto sobre o peito, a bocejar. Não passariam de onze e meia quando peguei no sono.

Sim! Não havia dúvida que era bem singular não ter amanhecido!... Pensei, indo abrir uma das janelas da varanda.

Qual não foi, porém, a minha decepção quando, interrogando o nascente, dei com ele ainda completamente fechado e negro, e, abaixando o olhar, vi a cidade afogada em trevas e sucumbida no mais profundo silêncio!

– Oh! Era singular, muito singular!

No céu as estrelas pareciam amortecidas, de um bruxulear[5] difuso e pálido; nas ruas os lampiões mal se acusavam por longas reticências de uma luz deslavada e triste. Nenhum operário passava para o trabalho; não se ouvia o cantarolar de um ébrio, o rodar de um carro, nem o ladrar de um cão.

Singular! Muito singular!

Acendi a vela e corri ao meu relógio de algibeira. Marcava meia-noite. Levei-o ao ouvido, com a avidez de quem consulta o coração de um moribundo; já não pulsava: tinha esgotado toda a corda. Fi-lo começar a trabalhar de novo, mas as suas pulsações eram tão fracas, que só com extrema dificuldade conseguia eu distingui-las.

– É singular! Muito singular! – repetia, calculando que, se o relógio esgotara toda a corda, era porque eu então havia dormido muito mais ainda do que supunha! Eu então atravessara um dia inteiro sem acordar e entrara do mesmo modo pela noite seguinte.

Bruxulear[5]: brilhar intermitentemente; tremeluzir.

Mas, afinal que horas seriam?...

Tornei à varanda, para consultar de novo aquela estranha noite, em que as estrelas desmaiavam antes de chegar à aurora. E a noite nada me respondeu, fechada no seu egoísmo surdo e tenebroso.

Que horas seriam?... Se eu ouvisse algum relógio da vizinhança!... Ouvir?... Mas se em torno de mim tudo parecia entorpecido e morto?...

E veio-me a dúvida de que eu tivesse perdido a faculdade de ouvir durante aquele maldito sono de tantas horas; fulminado por esta ideia, precipitei-me sobre o tímpano da mesa e vibrei-o com toda a força.

O som fez-se, porém, abafado e lento, como se lutasse com grande resistência para vencer o peso do ar.

E só então notei que a luz da vela, à semelhança do som do tímpano, também não era intensa e clara como de ordinário e parecia oprimida por uma atmosfera de catacumba.[6]

Que significaria isto?... Que estranho cataclismo abalaria o mundo?... Que teria acontecido de tão transcendente durante aquela minha ausência da vida, para que eu, à volta, viesse encontrar o som e a luz, as duas expressões mais impressionadoras do mundo físico, assim trôpegas e assim vacilantes, nem que toda a natureza envelhecesse maravilhosamente enquanto eu tinha os olhos fechados e o cérebro em repouso?!...

– Ilusão minha, com certeza! Que louca és tu, minha pobre fantasia! Daqui a nada estará amanhecendo, e todos estes teus caprichos, teus ou da noite, essa outra doida, desaparecerão aos primeiros raios do sol. O melhor é trabalharmos! Sinto-me até bem-disposto para escrever! Trabalhemos! Trabalhemos, que daqui a pouco tudo reviverá como nos outros dias! De novo os vales e as montanhas se farão esmeraldinas e alegres; e o céu transbordará da sua refulgente[7] concha de turquesa a

Catacumba[6]: túmulo.
Refulgente[7]: aquilo que refulge, brilha, resplandece.

opulência das cores e das luzes; e de novo ondulará no espaço a música dos ventos; e as aves acordarão as rosas dos campos com os seus melodiosos duetos de amor! Trabalhemos! Trabalhemos!

Acendi mais duas velas, porque só com a primeira quase que me era impossível enxergar; arranjei-me ao lavatório; fiz uma xícara de café bem forte, tomei-a, e fui para a mesa de trabalho.

II

Daí a um instante, vergado defronte do tinteiro, com o cigarro fumegando entre os dedos, não pensava absolutamente em mais nada, senão no que o bico da minha pena ia desfiando caprichoso do meu cérebro para lançar, linha a linha, sobre o papel.

Estava de veia,[8] com efeito! As primeiras folhas encheram-se logo. Minha mão, a princípio lenta, começou, pouco a pouco, a fazer-se nervosa, a não querer parar, e afinal abriu a correr, a correr, cada vez mais depressa; disparando por fim às cegas, como um cavalo que se esquenta e se inflama na vertigem do galope. Depois, tal febre de concepção se apoderou de mim, que perdi a consciência de tudo e deixei-me arrebatar por ela, arquejante e sem fôlego, num voo febril, num arranco violento, que me levava de rastros pelo ideal aos tropeções com as minhas doidas fantasias de poeta.

E páginas e páginas se sucederam. E as ideias, que nem um bando de demônios, vinham-me em borbotão, devorando-se umas às outras, num delírio de chegar primeiro; e as frases e as imagens acudiam-me como relâmpagos, fuzilando, já prontas e armadas da cabeça aos pés. E eu, sem tempo de molhar a pena, nem tempo de desviar os olhos do campo da peleja,[9] ia arremessando para trás de mim, uma após outra, as

Estava de veia[8]: estava inspirado.
Peleja[9]: luta com ou sem armas; contenda, batalha; defesa apaixonada de pontos de vista contrários; discussão, briga, disputa. O escritor fez uso do termo de forma figurada.

tiras escritas, suando, arfando, sucumbido nas garras daquele feroz inimigo que me aniquilava.

E lutei! E lutei! E lutei!

De repente, acordo desta vertigem, como se voltasse de um pesadelo estonteado, com o sobressalto de quem, por uma briga de momento, se esquece do grande perigo que o espera. Dei um salto da cadeira; varri inquieto o olhar em derredor. Ao lado da minha mesa havia um monte de folhas de papel cobertas de tinta; as velas bruxuleavam a extinguir-se e o meu cinzeiro estava pejado[10] de pontas de cigarro.

Oh! Muitas horas deviam ter decorrido durante essa minha nova ausência, na qual o sono agora não fora cúmplice. Parecia-me impossível haver trabalhado tanto, sem dar o menor acordo do que se passava em torno de mim.

Corri à janela.

Meu Deus! O nascente continuava fechado e negro; a cidade deserta e muda. As estrelas tinham empalidecido ainda mais, e as luzes dos lampiões transpareciam apenas, através da espessura da noite, como sinistros olhos que me piscavam da treva.

Meu Deus! Meu Deus, que teria acontecido?!...

Acendi novas velas, e notei que as suas chamas eram mais lívidas que o fogo-fátuo[11] das sepulturas. Concheei a mão contra o ouvido e fiquei longo tempo a esperar inutilmente que do profundo e gelado silêncio lá de fora me viesse um sinal de vida.

Nada! Nada!

Fui à varanda; apalpei as minhas queridas plantas; estavam fanadas,[12] e as suas tristes folhas pendiam molemente para fora dos vasos, como embambecidos membros de um cadáver ainda quente. Debrucei-me sobre as minhas estremecidas violetas e procurei respirar-lhes a alma embalsamada. Já não tinham perfume!

Pejado[10]: aqui tem o sentido de repleto, cheio.
Fogo-fátuo[11]: luz que aparece à noite, geralmente proveniente de terrenos pantanosos ou de sepulturas, e que é atribuída à combustão de gases advindos da decomposição de matérias orgânicas.
Fanadas[12]: mutiladas.

Atônito e ansioso volvi os olhos para o espaço. As estrelas, já sem contornos, derramavam-se na tinta negra do céu, como indecisas nódoas luminosas que fugiam lentamente.

Meu Deus! Meu Deus, que iria acontecer ainda?

Voltei ao quarto e consultei o relógio. Marcava dez horas.

Oh! Pois já dez horas se tinham passado depois que eu abrira os olhos?... Porque então não amanhecera em todo esse tempo!... Teria eu enlouquecido?...

Já trêmulo, apanhei do chão as folhas de papel, uma por uma; eram muitas, muitas! E por melhor esforço que fizesse, não conseguia lembrar-me do que eu próprio nelas escrevera.

Apalpei as fontes; latejavam. Passei as mãos pelos olhos, depois consultei o coração; batia forte.

E só então notei que estava com muita fome e estava com muita sede.

Tomei a bilha[13] d'água e esgotei-a de uma assentada. Assanhou-se-me a fome.

Abri todas as janelas do quarto, em seguida a porta, e chamei pelo criado. Mas a minha voz, apesar do esforço que fiz para gritar, saía frouxa e abafada, quase indistinguível.

Ninguém me respondeu, nem mesmo o eco.

– Meu Deus! Meu Deus!

E um violento calafrio percorreu-me o corpo. Principiei a ter medo de tudo; principiei a não querer saber o que se tinha passado em torno de mim durante aquele maldito sono traiçoeiro; desejei não pensar, não sentir, não ter consciência de nada. O meu cérebro, todavia, continuava a trabalhar com a precisão do meu relógio, que ia desfiando os segundos inalteravelmente, enchendo minutos e formando horas.

E o céu era cada vez mais negro, e as estrelas cada vez mais apagadas, como derradeiros e tristes lampejos de uma pobre natureza que morre!

Bilha[13]: vaso bojudo e de gargalo estreito, geralmente feito de barro; moringa.

Meu Deus! Meu Deus! O que seria?

Enchi-me de coragem; tomei uma das velas e, com mil precauções para impedir que ela se apagasse, desci o primeiro lance de escadas.

A casa tinha muitos cômodos e poucos desocupados. Eu conhecia quase todos os hóspedes. No segundo andar morava um médico; resolvi bater de preferência à porta dele.

Fui e bati; mas ninguém me respondeu.

Bati mais forte. Ainda nada.

Bati então desesperadamente, com as mãos e com os pés. A porta tremia, abalava, mas nem o eco respondia.

Meti ombros contra ela e arrombei-a. O mesmo silêncio. Espichei o pescoço, espiei lá para dentro. Nada consegui ver; a luz da minha vela iluminava menos que a brasa de um cigarro.

Esperei um instante.

Ainda nada.

Entrei.

III

O médico estava estendido na sua cama, embrulhado no lençol. Tinha contraída a boca e os olhos meio abertos.

Chamei-o; segurei-lhe o braço com violência e recuei aterrado, porque lhe senti o corpo rígido e frio. Aproximei, trêmulo, a minha vela contra o seu rosto imóvel; ele não abriu os olhos; não fez o menor gesto. E na palidez das faces notei-lhe as manchas esverdeadas de carne que vai entrar em decomposição.

Afastei-me.

E o meu terror cresceu. E apoderou-se de mim o medo do incompreensível; o medo do que se não explica; o medo do que se não acredita. E saí do quarto, querendo pedir socorro, sem conseguir ter voz para gritar e apenas resbunando[14] uns vagidos[15] guturais de agonizante.

E corri aos outros quartos, e já sem bater fui arrombando as portas que encontrei fechadas. A luz da minha vela, cada vez mais lívida, parecia, como eu, tiritar de medo.

Oh! Que terrível momento! Que terrível momento! Era como se em torno de mim o Nada insondável e tenebroso escancarasse, para devorar-me, a sua enorme boca viscosa e sôfrega.[16] Por todas aquelas camas, que eu percorria como um louco, só tateava corpos enregelados e hirtos.[17]

Não encontrava ninguém com vida; ninguém!

Era a morte geral! A morte completa! Uma tragédia silenciosa e terrível, com um único espectador, que era eu. Em cada quarto havia um cadáver pelo menos! Vi mães apertando contra o seio sem vida os filhinhos mortos; vi casais abraçados, dormindo aquele derradeiro sono, enleados[18] ainda pelo último delírio de seus amores; vi brancas figuras de mulher estateladas no chão, descompostas na impudência da morte; estudantes cor de cera debruçados sobre a mesa de estudo, os braços dobrados sobre o compêndio aberto, defronte da lâmpada para sempre extinta. E tudo frio, e tudo imóvel, como se aquelas vidas fossem de improviso apagadas pelo mesmo sopro; ou como se a terra, sentindo de repente uma grande fome, enlouquecesse para devorar de uma só vez todos os seus filhos.

Percorri os outros andares da casa: sempre o mesmo abominável espetáculo!

Não havia mais ninguém! Não havia mais ninguém! Tinham todos desertado em massa!

E por quê? E para onde tinham fugido aquelas almas, num só voo, arribadas como um bando de aves forasteiras?...

Estranha greve! Mas por que não me chamaram, a mim também, antes de partir?... Por que me abandonaram sozinho entre aquele pavoroso despojo nauseabundo?... Que teria sido,

Resbunando[14]: resmungando.
Vagidos[15]: som parecido com o choro; lamento, gemido.
Sôfrega[16]: desejosa e impaciente pela posse ou realização de alguma coisa; ansiosa.
Hirtos[17]: completamente imóveis; estacados.
Enleados[18]: entrelaçados.

meu Deus? Que teria sido tudo aquilo?... Por que toda aquela gente fugia em segredo, silenciosamente, sem a extrema despedida dos moribundos, sem os gritos de agonia?... E eu, execrável exceção! Por que continuava a existir, acotovelando os mortos e fechado com eles dentro da mesma catacumba?...

Então, uma ideia fuzilou rápida no meu espírito, pondo-me no coração um sobressalto horrível. Lembrei-me de Laura. Naquele momento estaria ela, como os outros, também, inanimada e gélida; ou, triste retardatária!, ficaria à minha espera, impaciente por desferir o misterioso voo?... Em todo o caso, era para lá, para junto dessa adorada e virginal criatura, que eu devia ir sem perda de tempo; junto dela, viva ou morta, é que eu devia esperar a minha vez de mergulhar também no tenebroso pélago!

Morta?! Mas por que morta?... Se eu vivia era bem possível que ela também vivesse ainda!...

E que me importava o resto, que me importavam os outros todos, contanto que eu a tivesse viva e palpitante nos meus braços?!...

Meu Deus! E se nos ficássemos os dois sozinhos na terra, sem mais ninguém, ninguém?... Se nos víssemos a sós, ela e eu, estreitados um contra o outro, num eterno egoísmo paradisíaco, assistindo recomeçar a criação em torno do nosso isolamento?... Assistindo, ao som dos nossos beijos de amor, formar-se de novo o mundo, brotar de novo a vida, acordando toda a natureza, estrela por estrela, asa por asa, pétala por pétala?...

Sim! Sim! Era preciso correr para junto dela!

IV

Mas a fome torturava-me cada vez com mais fúria. Era impossível levar mais tempo sem comer. Antes de socorrer o

coração era preciso socorrer o estômago.

A fome! O amor! Mas, como todos os outros morriam em volta de mim e eu pensava em amor e eu tinha fome!... A fome, que é a voz mais poderosa do instinto da conservação pessoal, como o amor é a voz do instinto da conservação da espécie! A fome e o amor, que são a garantia da vida; os dois inalteráveis polos do eixo em que há milhões de séculos gira misteriosamente o mundo orgânico!

E, no entanto, não podia deixar de comer antes de mais nada. Quantas horas teriam decorrido depois da minha última refeição?... Não sabia; não conseguia calcular sequer. O meu relógio, agora inútil, marcava estupidamente doze horas. Doze horas de quê?... Doze horas!... Que significaria esta palavra?...

Arremessei o relógio para longe de mim, despedaçando-o contra a parede.

Ó meu Deus! Se continuasse para sempre aquela incompreensível noite, como poderia eu saber os dias que se passavam?... Como poderia marcar as semanas e os meses?... O tempo é o sol; se o sol nunca mais voltasse, o tempo deixaria de existir!

E eu me senti perdido num grande Nada indefinido, vago, sem fundo e sem contornos.

Meu Deus! Meu Deus! Quando terminaria aquele suplício?

Desci ao andar térreo da casa, apressando-me agora para aproveitar a mesquinha luz de vela que, pouco a pouco, me abandonava também.

Oh! Só a ideia de que era aquela a derradeira luz que me restava!... A ideia da escuridão completa que seria depois fazia-me gelar o sangue. Trevas e mortos, que horror!

Penetrei na sala de jantar. À porta tropecei no cadáver de um cão; passei adiante. O criado jazia estendido junto à mesa, espumando pela boca e pelas ventas; não fiz caso. Do fundo dos quartos vinha já um bafo enjoativo de putrefação ainda recente.

Arrombei o armário, apoderei-me da comida que lá havia e devorei-a, como um animal, sem procurar talher. Depois bebi, sem copo, uma garrafa de vinho. E, logo que senti o estômago reconfortado, e, logo que o vinho me alegrou o corpo, foi-se-me enfraquecendo a ideia de morrer com os outros e foi-me nascendo a esperança de encontrar vivos lá fora, na rua. Mal era que a luz da vela minguara tanto que agora brilhava menos que um pirilampo.[19] Tentei acender outras. Vão esforço! A luz ia deixar de existir.

E, antes que ela me fugisse para sempre, comecei a encher as algibeiras com o que sobrou da minha fome.

Era tempo! Era tempo! Porque a miserável chama, depois de espreguiçar-se um instante, foi-se contraindo, a tremer, a tremer, bruxuleando, até sumir-se de todo, como o extremo lampejo do olhar de um moribundo.

E fez-se então a mais completa, a mais cerrada escuridão que é possível conceber. Era a treva absoluta; treva de morte; treva de caos; treva que só compreende quem tiver os olhos arrancados e as órbitas entupidas de terra.

Foi terrível o meu abalo, fiquei espavorido, como se ela me apanhasse de surpresa. Inchou-me por dentro o coração, sufocando-me a garganta; gelou-se-me a medula e secou-se-me a língua. Senti-me como entalado ainda vivo no fundo de um túmulo estreito; senti desabar sobre minha pobre alma, com todo o seu peso de maldição, aquela imensa noite negra e devoradora.

Imóvel, arquejei por algum tempo nesta agonia. Depois estendi os braços e, arrastando os pés, procurei tirar-me dali às apalpadelas.

Atravessei o longo corredor, esbarrando em tudo, como

Pirilampo[19]: vaga-lume.

um cego sem guia, e conduzi-me lentamente até ao portão de entrada.

Saí.

Lá fora, na rua, o meu primeiro impulso foi olhar para o espaço; estava tão negro e tão mudo como a terra. A luz dos lampiões apagara-se de todo e no céu já não havia o mais tênue vestígio de uma estrela.

Treva! Treva e só treva!

Mas eu conhecia muito bem o caminho da casa de minha noiva, e havia de lá chegar, custasse o que custasse!

Dispus-me a partir, tateando o chão com os pés, sem despregar das paredes as minhas duas mãos abertas na altura do rosto.

Passo a passo, venci até a primeira esquina. Esbarrei com um cadáver encostado às grades de um jardim; apalpei-o; era um polícia. Não me detive; segui adiante, dobrando para a rua transversal.

Começava a sentir frio. Uma densa umidade saía da terra, tornando aquela maldita noite ainda mais dolorosa. Mas não desanimei, prossegui pacientemente, medindo o meu caminho, palmo a palmo, e procurando reconhecer pelo tato o lugar em que me achava.

E seguia, seguia lentamente.

Já me não abalavam os cadáveres com que eu topava pelas calçadas. Todo o meu sentido se me concentrava nas mãos; a minha única preocupação era me não desorientar e perder-me na viagem.

E lá ia, lá ia, arrastando-me de porta em porta, de casa em casa, de rua em rua, com a silenciosa resignação dos cegos desamparados.

De vez em quando, era preciso deter-me um instante, para respirar mais à vontade. Doíam-me os braços de os ter continuamente erguidos. Secava-se-me a boca. Um enorme cansaço invadia-me o corpo inteiro. Há quanto tempo durava já esta tortura? Não sei; apenas sentia claramente que, pelas paredes, o bolor principiava a formar altas camadas de uma vegetação aquosa, e que meus pés se encharcavam cada vez mais no lodo que o solo ressumbrava.[20]

Veio-me então o receio de que eu, daí a pouco, não pudesse reconhecer o caminho e não lograsse por conseguinte chegar ao meu destino. Era preciso, pois, não perder um segundo; não dar tempo ao bolor e à lama de esconderem de todo o chão e as paredes.

E procurei, numa aflição, aligeirar o passo, a despeito da fadiga que me acabrunhava.[21] Mas, ah!, era impossível conseguir mais do que arrastar-me penosamente, como um verme ferido.

E o meu desespero crescia com a minha impotência e com o meu sobressalto.

Miséria! Agora já me custava até distinguir o que meus dedos tenteavam,[22] porque o frio os tornara dormentes e sem tato. Mas arrastavam-me, arquejante, sequioso,[23] coberto de suor, sem fôlego; mas arrastava-me.

Arrastava-me.

Afinal, uma alegria agitou-me o coração: minhas mãos acabavam de reconhecer as grades do jardim de Laura. Reanimou-se-me a alma. Mais alguns passos somente, e estaria à sua porta!

Fiz um extremo esforço e rastejei até lá.

Enfim!

E deixei-me cair prostrado, naquele mesmo patamar, que eu, dantes, tantas vezes atravessara ligeiro e alegre, com o peito a estalar-me de felicidade.

A casa estava aberta. Procurei o primeiro degrau da escada e aí caí de rojo,[24] sem forças ainda para galgá-la.[25]

E resfoleguei, com a cabeça pendida, os braços abando-

Ressumbrava[20]: deixava cair gota a gota; ressudava, gotejava, vertia, destilava.
Acabrunhava[21]: abatia, enchia de tristeza.
Tenteavam[22]: averiguavam cuidadosamente; examinavam.
Sequioso[23]: que tem sede, sedento.
Rojo[24]: movimento do que anda a se arrastar, de rastos.
Galgar[25]: andar, percorrer a grandes passadas, como um galgo.

nados ao descanso, as pernas entorpecidas pela umidade. E, todavia, ai de mim! As minhas esperanças feneciam ao frio sopro de morte que vinha lá de dentro.

Nem um rumor! Nem o mais leve murmúrio! Nem o mais ligeiro sinal de vida! Terrível desilusão aquele silêncio pressagiava!

As lágrimas começaram a correr-me pelo rosto também silenciosas.

Descansei longo tempo! Depois ergui-me e pus-me a subir a escada, lentamente, lentamente.

V

Ah! Quantas recordações aquela escada me trazia!... Era aí, nos seus últimos degraus, junto às grades de madeira polida, que eu, todos os dias, ao despedir-me de Laura, trocava com esta o silencioso juramento do nosso olhar. Foi aí que eu pela primeira vez lhe beijei a sua formosa e pequenina mão de brasileira.

Estaquei, todo vergado lá para dentro, escutando.

Nada!

Entrei na sala de visitas, vagarosamente, abrindo caminho com os braços abertos, como se nadasse na escuridão. Reconheci os primeiros objetos em que tropecei; reconheci o velho piano em que ela costumava tocar as suas peças favoritas; reconheci as estantes, pejadas de partituras, em que nossas mãos muitas vezes se encontraram, procurando a mesma música; e depois, avançando alguns passos de sonâmbulo, dei com a poltrona, a mesma poltrona em que ela, reclinada, de olhos baixos e chorosos, ouviu corando o meu protesto de amor quando, também pela primeira vez, me animei a confessar-lho.

Oh! como tudo isso agora me acabrunhava de saudade!... Conhecemo-nos havia coisa de cinco anos; Laura então era ainda quase uma criança e eu ainda não era bem um homem. Vimo-nos um domingo, pela manhã, ao saírmos da missa. Eu ia ao lado de minha mãe, que nesse tempo ainda existia e...

Mas, para que reviver semelhantes recordações?... Acaso tinha eu o direito de pensar em amor?... Pensar em amor, quando em torno de mim o mundo inteiro se transformava em lodo?...

Esbarrei contra uma mesinha redonda, tateei-a, achei sobre ela, entre outras coisas, uma bilha d'água; bebi sequiosamente. Em seguida procurei achar a porta, que comunicava com o interior da casa; mas vacilei. Tremiam-me as pernas e arquejava-me o peito.

Oh! Já não podia haver o menor vislumbre de esperança! Aquele canto sagrado e tranquilo, aquela habitação da honestidade e do pudor, também tinham sido varridos pelo implacável sopro!

Mas era preciso decidir-me a entrar. Quis chamar por alguém; não consegui articular mais do que um murmúrio de um segredo indistinguível.

Fiz-me forte; avancei às apalpadelas. Encontrei uma porta; abri-a. Penetrei numa saleta; não encontrei ninguém. Caminhei para diante; entrei na primeira alcova, tateei o primeiro cadáver.

Pelas barbas reconheci logo o pai de Laura. Estava deitado no seu leito; tinha a boca úmida e viscosa.

Limpei as mãos à roupa e continuei a minha tenebrosa revista.

No quarto imediato a mãe de minha noiva jazia ajoelhada defronte do seu oratório; ainda com as mãos postas, mas o rosto já pendido para a terra. Corri-lhe os dedos pela cabeça; ela desabou para o lado, dura como uma estátua. A queda não produziu ruído.

Continuei a andar.

O quarto que se seguia era o de Laura; sabia-o perfeitamente. O coração agitou-se-me sobressaltado; mas fui caminhando sempre, com os braços estendidos e a respiração convulsa.

Nunca houvera ousado penetrar naquela casta alcova de donzela, e um respeito profundo imobilizou-me junto à porta, como se me pesasse profanar com a minha presença tão puro e religioso asilo do pudor. Era, porém, indispensável que eu me convencesse de que Laura também me havia abandonado como os outros; que me convencesse de que ela consentira que a sua alma, que era só minha, partisse com as outras almas desertoras; que eu disso me convencesse, para então cair ali mesmo a seus pés, fulminado, amaldiçoando a Deus e à sua loucura!

E havia de ser assim! Havia de ser assim, porque antes, mil vezes antes, morto com ela do que vivo sem a possuir!

Entrei no quarto. Apalpei as trevas. Não havia sequer o rumor da asa de uma mosca. Adiantei-me.

Achei uma estreita cama, castamente velada por ligeiro cortinado de cambraia. Afastei-o e, continuando a tatear, encontrei um corpo, mimoso e franzino, todo fechado num roupão de flanela. Reconheci aqueles formosos cabelos cetinosos: reconheci aquela carne delicada e virgem; aquela pequenina mão, e também reconheci a aliança, que eu mesmo que lhe colocara num dos dedos.

Mas oh! Laura, a minha estremecida Laura, estava tão fria e tão inanimada como os outros!

E um fluxo de soluços, abafados e sem eco, saiu-me do coração.

Ajoelhei-me junto à cama e, tal como fizera com as minhas violetas, debrucei-me sobre aquele pudibundo[26] rosto já sem vida, para respirar-lhe o bálsamo da alma. Longo tempo meus lábios, que as lágrimas ensopavam, àqueles frios lábios

Pudibundo[26]: pudico.

se colaram, no mais sentido, no mais terno e profundo beijo que se deu sobre a terra.

– Laura! – balbuciei tremente. Ó minha Laura! – Pois será possível que tu, pobre e querida flor, casta companheira das minhas esperanças!, será possível que tu também me abandonasses... sem uma palavra ao menos... indiferente e alheia como os outros?... Para onde tão longe e tão precipitadamente te partiste, doce amiga, que do nosso mísero amor nem a mais ligeira lembrança me deixaste?...

E cingindo-a nos meus braços, tomei-a contra o peito, a soluçar de dor e de saudade.

– Não; não! – disse-lhe sem voz. – Não me separarei de ti, adorável despojo! Não te deixarei aqui sozinha, minha Laura! Viva, eras tu que me conduzias às mais altas regiões do ideal e do amor; viva, eras tu que davas asas ao meu espírito, energia ao meu coração e garras ao meu talento! Eras tu, luz de minha alma, que me fazias ambicionar futuro, glória, imortalidade! Morta, hás de arrastar-me contigo ao insondável pélago[27] do Nada! Sim! Desceremos ao abismo, os dois, abraçados, eternamente unidos, e lá ficaremos para sempre, como duas raízes mortas, entretecidas e petrificadas no fundo da terra!

E, em vão tentando falar assim, chamei-a de todo contra meu corpo, entre soluços, osculando-lhe os cabelos.

Ó meu Deus! Estaria sonhando?... Dir-se-ia que a sua cabeça levemente se movera para melhor repousar sobre meu ombro!... Não seria ilusão do meu próprio amor despedaçado?...

– Laura! – tentei dizer, mas a voz não me passava da garganta.

E colei de novo os meus lábios contra os lábios dela.

– Laura! Laura!

Oh! Agora sentira perfeitamente. Sim! Sim! Não me

Pélago[27]: mar profundo; abismo, profundidade, imensidade.

enganava! Ela vivia! Ela vivia ainda, meu Deus!

VI

E comecei a bater-lhe na palma das mãos, a soprar-lhe os olhos, a agitar-lhe o corpo entre meus braços, procurando chamá-la à vida.

E não haver uma luz! E eu não poder articular palavra! E não dispor de recurso algum para lhe poupar ao menos o sobressalto que a esperava quando recuperasse os sentidos! Que ansiedade! Que terrível tormento!

E, com ela recolhida ao colo, assim prostrada e muda, continuei a murmurar-lhe ao ouvido as palavras mais doces que toda a minha ternura conseguia descobrir nos segredos do meu pobre amor.

Ela começou a reanimar-se; seu corpo foi pouco e pouco recuperando o calor perdido.

Seus lábios entreabriram-se já, respirando de leve.

– Laura! Laura!

Afinal, senti as suas pestanas roçarem-me na face. Ela abria os olhos.

– Laura!

Não me respondeu de nenhum modo, nem tampouco se mostrou sobressaltada com a minha presença. Parecia sonâmbula, indiferente à escuridão.

– Laura! Minha Laura!

Aproximei os lábios de seus lábios ainda frios, e senti um murmúrio suave e medroso exprimir o meu nome.

Oh! Ninguém, ninguém pode calcular a comoção que se apossou de mim! Todo aquele tenebroso inferno por um instante se alegrou e sorriu.

E, nesse transporte de todo o meu ser, não entrava, todavia, o menor contingente dos sentidos. Nesse momento todo eu pertencia a um delicioso estado místico, alheio com-

pletamente à vida animal. Era como se me transportasse para outro mundo, reduzido a uma essência ideal e indissolúvel, feita de amor e bem-aventurança. Compreendi então esse voo etéreo de duas almas aladas na mesma fé, deslizando juntas pelo espaço em busca do paraíso. Senti a terra mesquinha para nós, tão grandes e tão alevantados no nosso sentimento. Compreendi a divinal e suprema volúpia do noivado de dois espíritos que se unem para sempre.

– Minha Laura! Minha Laura!

Ela passou-me os braços em volta do pescoço e trêmula uniu sua boca à minha, para dizer que tinha sede.

Lembrei-me da bilha d'água. Ergui-me e fui, às apalpadelas, buscá-la onde estava.

Depois de beber, Laura perguntou-me se a luz e o som nunca mais voltariam. Respondi vagamente, sem compreender como podia ser que ela se não assustava naquelas trevas e não me repelia do seu leito de donzela.

Era bem estranho o nosso modo de conversar. Não falávamos, apenas movíamos com os lábios. Havia um mistério de sugestão no comércio das nossas ideias; tanto que, para nos entendermos melhor, precisávamos às vezes unir as cabeças, fronte com fronte.

E semelhante processo de dialogar em silêncio fatigava-nos, a ambos, em extremo. Eu sentia distintamente, com a testa colada à testa de Laura, o esforço que ela fazia para compreender bem o meu pensamento.

E interrogamos um ao outro, ao mesmo tempo, o que seria então de nós, perdidos e abandonados no meio daquele tenebroso campo de mortos? Como poderíamos sobreviver a todos os nossos semelhantes?...

Emudecemos por longo espaço, de mãos dadas e com as frontes unidas.

Resolvemos morrer juntos.

Sim! Era tudo que nos restava! Mas, de que modo realizar esse intento?... Que morte descobriríamos capaz de arrebatar-nos aos dois de uma só vez?...

Calamo-nos de novo, ajustando melhor as frontes, cada qual mais absorto pela mesma preocupação.

Ela, por fim, lembrou do mar. Sairíamos juntos à procura dele, e abraçados pereceríamos no fundo das águas. Ajoelhou-se e rezou, pedindo a Deus por toda aquela humanidade que partira antes de nós; depois ergueu-se, passou-me o braço na cintura, e começamos juntos a tatear a escuridão, dispostos a cumprir o nosso derradeiro voto.

VII

Lá fora a umidade crescia, liquefazendo a crosta da terra. O chão tinha já uma sorvedora[28] acumulação de lodo, em que o pé se atolava. As ruas estreitavam-se entre duas florestas de bolor que nasciam de cada lado das paredes.

Laura e eu, presos um ao outro pela cintura, arriscamos os primeiros passos e pusemo-nos a andar com extrema dificuldade, procurando a direção do mar, tristes e mudos, como os dois enxotados do Paraíso.

Pouco a pouco foi-nos ganhando uma profunda indiferença por toda aquela lama, em cujo ventre, nós, pobres vermes, penosamente nos movíamos. E deixamos que os nossos espíritos, desarmados da faculdade de falar, se procurassem e se entendessem por conta própria, num misterioso idílio em que as nossas almas se estreitavam e se confundiam.

Agora, já não nos era preciso unir as frontes ou os lábios para trocar ideias e os pensamentos. Nossos cérebros travavam entre si contínuo e silencioso diálogo, que em parte nos adoçava as penas daquela triste viagem para a Morte; enquanto os nossos corpos esquecidos, iam maquinalmente prosseguindo,

Sorvedora[28]: propriedade do que bebe aspirando, lentamente.

passo a passo, por entre o limo pegajoso e úmido.

Lembrei-me das provisões que trazia na algibeira; ofereci-lhas; Laura recusou-as, afirmando que não tinha fome.

Reparei então que eu também não sentia agora a menor vontade de comer e, o que era mais singular, não sentia frio.

E continuamos a nossa peregrinação e o nosso diálogo. Ela, de vez em quando, repousava a cabeça no meu ombro, e parávamos para descansar.

Mas o lodo crescia, e o bolor condensava-se de um lado e de outro lado, mal nos deixando uma estreita vereda,[29] por onde, no entanto, prosseguíamos sempre, arrastando-nos abraçados.

Já não tateávamos o caminho, nem era preciso, porque não havia que recear o menor choque. Por entre a densa vegetação do mofo, nasciam agora da direita e da esquerda, almofadando a nossa passagem, enormes cogumelos e fungões, penugentos e aveludados, contra os quais escorregávamos como por sobre arminhos[30] podres.

Àquela absoluta ausência do sol e do calor, formavam-se e cresciam esses monstros da treva, disformes seres úmidos e moles; tortulhos[31] gigantescos, cujas polpas esponjosas, como imensos tubérculos de tísico,[32] nossos braços não podiam abarcar. Era horrível senti-los crescer assim fantasticamente, inchando ao lado e defronte uns dos outros como se toda a atividade molecular e toda a força agregativa e atômica que povoava a terra, os céus e as águas, viessem concentrar-se neles, para neles resumir a vida inteira. Era horrível, para nós, que nada mais ouvíamos, senti-los inspirar e respirar, como animais, sorvendo gulosamente o oxigênio daquela infindável noite.

Ai! Desgraçados de nós, minha querida Laura! De tudo que vivia à luz do sol só eles persistiam; só eles e nós dois, tristes privilegiados naquela fria e tenebrosa desorganização do mundo!

Vereda[29]: caminho estreito, senda.
Arminho[30]: coisa macia, fofa, delicada.
Tortulhos[31]: designação dada a cogumelos, sobretudo antes de abertos.
Tísico[32]: diz-se daquele que sofre de tuberculose – o narrador compara aquela estranha vegetação aos pulmões dos tísicos.

Meu Deus! Era como se nesse nojento viveiro, borbulhante do lodo e da treva, viera refugiar-se a grande alma do Mal, depois de repelida por todos os infernos.

Respiramos um momento, sem trocar uma ideia; depois, resignados, continuamos a caminhar para diante, presos à cintura um do outro, como dois míseros criminosos condenados a viver eternamente.

VIII

Era-nos já de todo impossível reconhecer o lugar por onde andávamos, nem calcular o tempo que havia decorrido depois que estávamos juntos. Às vezes se nos afigurava que muitos e muitos anos nos separavam do último sol; outras vezes nos parecia a ambos que aquelas trevas tinham se fechado em torno de nós apenas alguns momentos antes.

O que sentíamos bem claro era que os nossos pés cada vez mais se entranhavam no lodo, e que toda aquela umidade grossa, da lama e do ar espesso, já nos não repugnava como a princípio e dava-nos agora, ao contrário, certa satisfação voluptuosa[33] embeber-nos nela, como se por todos os nossos poros a sorvêssemos para nos alimentar.

Os sapatos foram-se-nos a pouco e pouco desfazendo, até nos abandonarem descalços completamente; e as nossas vestimentas reduziram-se a farrapos imundos. Laura estremeceu de pudor com a ideia de que em breve estaria totalmente despida e descomposta; soltou os cabelos para se abrigar com eles e pediu-me que apressássemos a viagem, a ver se alcançávamos o mar, antes que as roupas a deixassem de todo. Depois calou-se por muito tempo.

Comecei a notar que os pensamentos dela iam progressivamente rareando, tal qual sucedia aliás comigo mesmo.

Minha memória embotava-se. Afinal, já não era só a palavra falada que nos fugia; era também a palavra concebida.

Voluptuosa[33]: lasciva, libidinoso, sensual; em que existe deleite ou gozo sensual ou um grande prazer.

As luzes da nossa inteligência desmaiavam lentamente, como no céu as trêmulas estrelas, que pouco a pouco se apagaram para sempre. Já não víamos; já não falávamos; íamos também deixar de pensar.

Meu Deus! Era a treva que nos invadia! Era a treva, bem o sentíamos! Que começava, gota a gota, a cair dentro de nós.

Só uma ideia, uma só, nos restava por fim: descobrir o mar, para pedir-lhe o termo daquela horrível agonia. Laura passou-me os braços em volta do pescoço, suplicando-me com o seu derradeiro pensamento que eu não a deixasse viver por muito tempo ainda.

E avançamos com maior coragem, na esperança de morrer.

IX

Mas, à proporção que o nosso espírito por tal estranho modo se neutralizava, fortalecia-se-nos o corpo maravilhosamente, a refazer-se de seiva no meio nutritivo e fertilizante daquela decomposição geral. Sentíamos perfeitamente o misterioso trabalho de revisceração que se travava dentro de nós; sentíamos o sangue enriquecer de fluidos vitais e ativar-se nos nossos vasos, circulando vertiginosamente a martelar por todo o corpo. Nosso organismo transformava-se num laboratório, revolucionado por uma chusma[34] de demônios.

E nossos músculos robusteceram-se por encanto, e os nossos membros avultaram num contínuo desenvolvimento. E sentimos crescer os ossos, e sentimos a medula pulular engrossando e aumentando dentro deles. E sentimos as nossas mãos e os nossos pés tornarem-se fortes, como os de um gigante; e as nossas pernas encorparem, mais consistentes e mais ágeis; e os nossos braços se estenderem maciços e poderosos.

Chusma[34]: multidão de indivíduos.

E todo o nosso sistema muscular se desenvolveu de súbito, em prejuízo do sistema nervoso que se amesquinhava progressivamente. Fizemo-nos hercúleos, de uma pujança de animais ferozes, sentindo-nos capazes cada qual de afrontar impávidos todos os elementos do globo e todas as lutas pela vida física.

Depois de apalpar-me surpreso, tateei o pescoço, o tronco e os quadris de Laura. Parecia-me ter debaixo das minhas mãos de gigante a estátua colossal de uma deusa pagã. Seus peitos eram fecundos e opulentos; suas ilhargas cheias e grossas como as de um animal bravio.

E assim refeitos pusemo-nos a andar familiarmente naquele lodo, como se fôramos criados nele. Também já não podíamos ficar um instante no mesmo lugar, inativos; uma irresistível necessidade de exercício arrastava-nos, a despeito da nossa vontade, agora fraca e mal segura. E, quanto mais se nos embrutecia o cérebro, tanto mais os nossos membros reclamavam atividade e ação; sentíamos gosto em correr, correr muito, cabriolando[35] por ali afora, e sentíamos ímpetos de lutar, de vencer, de dominar alguém com a nossa força.

Laura atirava-se contra mim, numa carícia selvagem e pletórica,[36] apanhando-me a boca com os seus lábios fortes de mulher irracional e estreitando-se comigo sensualmente, a morder-me os ombros e os braços.

E lá íamos inseparáveis naquela nossa nova maneira de existir, sem memória de outra vida, amando-nos com toda a força dos nossos impulsos; para sempre esquecidos um no outro, como os dois últimos parasitas do cadáver de um mundo.

Certa vez, de surpresa, nossos olhos tiveram a alegria de ver.

Uma enorme e difusa claridade fosforescente estendia-se defronte de nós, a perder de vista. Era o mar.

Estava morto e quieto.

Cabriolando[35]: saltando como cabra; dando cabriolas; mudando constantemente de direção, percorrendo uma trajetória cheia de voltas ou curvas, ou subidas e descidas. *Pletórica*[36]: que se encontra em estado exuberante.

Um triste mar, sem ondas e sem soluços, chumbado à terra na sua profunda imobilidade de orgulhoso monstro abatido.

Fazia dó vê-lo assim, concentrado e mudo, saudoso das estrelas, viúvo do luar. Sua grande alma branca, de antigo lutador, parecia debruçar-se ainda sobre o resfriado cadáver daquelas águas silenciosas, chorando as extintas noites, claras e felizes, em que elas, como um bando de náiades[37] alegres, vinham aos saltos, tontas de alegria, quebrar na praia as suas risadas de prata.

Pobre mar! Pobre atleta! Nada mais lhe restava agora sobre o plúmbeo[38] dorso fosforescente do que tristes esqueletos dos últimos navios, ali fincados, espectrais e negros, como inúteis e partidas cruzes de um velho cemitério abandonado.

X

Aproximamo-nos daquele pobre oceano morto. Tentei invadi-lo, mas meus pés não acharam que distinguir entre sua fosforescente gelatina e a lama negra da terra, tudo era igualmente lodo.

Laura conservava-se imóvel como que aterrada defronte do imenso cadáver luminoso. Agora, assim contra a embaciada lâmina das águas, nossos perfis se destacavam tão bem, como, ao longe, se destacavam as ruínas dos navios. Já nos não recordávamos da nossa intenção de afogar-nos juntos. Com um gesto chamei-a para meu lado. Laura, sem dar um passo, encarou-me com espanto, estranhando-me. Tornei a chamá-la; não veio. Fui ter então com ela. Mas Laura ao ver-me, porém, aproximar, deu medrosa um ligeiro salto para trás e pôs-se a correr pela extensão da praia, como se fugisse a um monstro desconhecido.

Náiade[37]: ninfa das fontes e dos rios.

Plúmbeo[38]: relativo a chumbo; que é feito de chumbo ou tem sua cor; tristonho, pesado.

Precipitei-me também, para alcançá-la. Vendo-se perseguida, atirou-se ao chão, a galopar, quadrupedando que nem um animal. Eu fiz o mesmo, e coisa singular!, notei que me sentia muito mais à vontade nessa posição de quadrúpede do que na minha natural posição de homem.

Assim galopamos longo tempo à beira-mar; mas, percebendo que a minha companheira me fugia assustada para o lado das trevas, tentei detê-la, soltei um grito, soprando com toda a força o ar dos meus pulmões de gigante. Nada mais consegui do que dar um ronco de besta; Laura, todavia respondeu com outro. Corri para ela e os nossos berros ferozes perderam-se longamente por aquele mundo vazio e morto.

Alcancei-a por fim; ela havia caído por terra, prostrada de fadiga. Deitei-me ao seu lado, rosnando ofegante de cansaço. Na escuridão reconheceu-me logo; tomou-me contra o seu corpo e afagou-me instintivamente.

Quando resolvemos continuar a nossa peregrinação, foi de quatro pés que nos pusemos a andar ao lado um do outro, naturalmente e sem dar por isso.

Então meu corpo principiou a revestir-se de um pelo espesso. Apalpei as costas de Laura e observei que com ela acontecia a mesma coisa.

Assim era melhor, porque ficaríamos perfeitamente abrigados do frio, que agora aumentava.

Depois, senti que os meus maxilares se dilatavam de modo estranho, e que as minhas presas cresciam, tornando-se mais fortes, mais adequadas ao ataque, e que, lentamente, se afastavam dos dentes queixais; e que meu crânio se achatava; e que a parte inferior do meu rosto se alongava para frente, afilando como um focinho de cão; e que meu nariz deixava de ser aquilino e perdia a linha vertical, para acompanhar o alongamento da mandíbula; e que enfim as minhas ventas se patenteavam,[39] arregaçadas para o ar, úmidas e frias.

Patenteavam[39]: tornavam (-se) manifestos, evidentes; mostravam-se.

Laura, ao meu lado, sofria iguais transformações.

E notamos que, à medida que se nos apagavam uns restos de inteligência e o nosso tato se perdia, apurava-se-nos o olfato de um modo admirável, tomando as proporções de um faro certeiro e sutil, que alcançava léguas.

E galopávamos contentes ao lado um do outro, grunhindo e sorvendo o ar, satisfeitos de existir assim. Agora, o fartum da terra encharcada e das matérias em decomposição, longe de enjoar-nos, chamava-nos a vontade de comer. E os meus bigodes, cujos fios se inteiriçavam como cerdas de porco, serviam-me para sondar o caminho, porque as minhas mãos haviam afinal perdido de todo a delicadeza do tato.

Já me não lembrava por melhor esforço que empregasse, uma só palavra do meu idioma, como se eu nunca tivera falado. Agora, para entender-me com Laura, era preciso uivar; e ela me respondia do mesmo modo.

Não conseguia também lembrar-me nitidamente de como fora o mundo antes daquelas trevas e daquelas nossas metamorfoses, e até já me não recordava bem de como tinha sido a minha própria fisionomia primitiva, nem a de Laura. Entretanto, meu cérebro funcionava ainda, lá a seu modo, porque, afinal, tinha eu consciência de que existia e preocupava-me em conservar junto de mim a minha companheira, a quem agora só com os dentes afagava.

Quanto tempo se passou assim para nós, nesse estado de irracionais, é o que não posso dizer; apenas sei que, sem saudades de outra vida, trotando ao lado um do outro, percorríamos então o mundo, perfeitamente familiarizados com a treva e com a lama, esfocinhando no chão, à procura de raízes, que devorávamos com prazer; e sei que, ao sentir-nos cansados, nos estendíamos por terra, juntos e tranquilos, perfeitamente felizes, porque não pensávamos e porque não sofríamos.

XI

De uma feita, porém, ao levantar-me do chão, senti os pés trôpegos, pesados, e como que propensos a se entranharem por ele. Apalpei-os e encontrei as unhas moles e abafadas, a despregarem-se. Laura, junto de mim, observou em si a mesma coisa. Começamos logo a tirá-las com os dentes, sem experimentarmos a menor dor; depois passamos a fazer o mesmo com as das mãos; as pontas dos nossos dedos logo que se acharam despojadas das unhas, transformaram-se numa espécie de ventosa do polvo, numas bocas de sanguessuga, que se dilatavam e contraíam incessantemente, sorvendo gulosas o ar e a umidade. Começaram-nos os pés a radiar em longos e ávidos tentáculos de pólipo; e os seus filamentos e as suas radículas[40] eminhocaram pelo lodo fresco do chão, procurando sôfregos internar-se bem na terra, para ir lá dentro beber-lhes o húmus azotado[41] e nutriente; enquanto os dedos das mãos esgalhavam, um a um, ganhando pelo espaço e chupando o ar voluptuosamente pelos seus respiradouros, fossando e fungando, irrequietos e morosos, como trombas de elefante.

Desesperado, ergui-me em toda a minha colossal estatura de gigante e sacudi os braços, tentando dar um arranco, para soltar-me do solo. Foi inútil. Nem só não consegui despregar meus pés enraizados no chão, como fiquei de mãos atiradas para o alto, numa postura mística como arrebatado num êxtase religioso, imóvel. Laura, igualmente presa à terra, ergueu-se rente comigo, peito a peito, entrelaçando nos meus seus braços esgalhados e procurando unir sua boca à minha boca.

E assim nos quedamos para sempre, aí plantados e seguros, sem nunca mais nos soltarmos um do outro, nem mais podermos mover com os nossos duros membros contraídos. E, pouco a pouco, nossos cabelos e nossos pelos se nos foram desprendendo e caindo lentamente pelo corpo abaixo.

Radículas[40]: pequenas raizes.

Azotado[41]: misturado ou combinado com azoto, denominação antiga para o nitrogênio.

E cada poro que eles deixavam era um novo respiradouro que se abria para beber a noite tenebrosa. Então sentimos que o nosso sangue ia-se a mais e mais se arrefecendo[42] e desfibrinando[43] até ficar de todo transformado numa seiva linfática e fria. Nossa medula começou a endurecer e revestir-se de camadas lenhosas, que substituíam os ossos e os músculos; e nós fomos surdamente nos lignificando,[44] nos encascando, a fazer-nos fibrosos desde o tronco até às hastes e às estípulas.[45]

E os nossos pés, num misterioso trabalho subterrâneo, continuavam a lançar pelas entranhas da terra as suas longas e insaciáveis raízes; e os dedos das nossas mãos continuavam a multiplicar-se, a crescer e a esfolhar, como galhos de uma árvore que reverdece. Nossos olhos, desfizeram-se em goma espessa e escorreram-nos pela crosta da cara, secando depois como resina; e das suas órbitas vazias começavam a brotar muitos rebentões[46] viçosos. Os dentes despregaram-se, um por um, caindo de per si, e as nossas bocas murcharam-se inúteis, vindo, tanto delas, como de nossas ventas já sem faro, novas vergônteas[47] e renovos que abriam novas folhas e novas brácteas.[48] E agora só por estas e pelas extensas raízes de nossos pés é que nos alimentávamos para viver.

E vivíamos.

Uma existência tranquila, doce, profundamente feliz, em que não havia desejos, nem saudades; uma vida imperturbável e surda, em que os nossos braços iam por si mesmos se estendendo preguiçosamente para o céu, a reproduzirem novos galhos donde outros rebentavam, cada vez mais copados e verdejantes. Ao passo que as nossas pernas, entrelaçadas num só caule, cresciam e engrossavam, cobertas de armaduras corticais, fazendo-se imponentes e nodosas, como os estalados troncos desses velhos gigantes das florestas primitivas.

XII

Quietos e abraçados na nossa silenciosa felicidade, bebendo longamente aquela inabalável noite, em cujo ventre dormiam mortas as estrelas, que nós dantes tantas vezes contemplávamos embevecidos[49] e amorosos, crescemos juntos e juntos estendemos os nossos ramos e as nossas raízes, não sei por quanto tempo.

Não sei também se demos flor ou se demos frutos; tenho apenas consciência de que depois, muito depois, uma nova imobilidade, ainda mais profunda, veio enrijar-nos de todo. E sei que as nossas fibras e os nossos tecidos endureceram a ponto de cortar a circulação dos fluidos que nos nutriam; e que o nosso polposo âmago e a nossa medula se foi alcalinando, até de todo se converter em grés siliciosa[50] e calcária; e que afinal fomos perdendo gradualmente a natureza de matéria orgânica para assumirmos os caracteres do mineral.

Nossos gigantescos membros agora completamente desprovidos da sua folhagem, contraíram-se hirtos, sufocando os nossos poros; e nós dois, sempre abraçados, nos inteiriçamos[51] numa só mole informe, sonora e maciça, onde as nossas veias primitivas, já secas e tolhidas,[52] formavam sulcos ferruginosos, feitos como que do nosso velho sangue petrificado.

E, século a século, a sensibilidade foi-se-nos perdendo numa sombria indiferença de rocha. E, século a século, fomos de grés, de cisto, ao supremo estado de cristalização.

E vivemos, vivemos, e vivemos, até que a lama que nos cercava principiou a dissolver-se numa substância líquida, que tendia a fazer-se gasosa e a desagregar-se, perdendo o seu centro de equilíbrio; uma gaseificação geral, como devia ter sido antes do primeiro matrimônio entre as duas primeiras moléculas que se encontraram e se uniram e se fecundaram, para começar a interminável cadeia da vida, desde o ar atmos-

Embevecidos[49]: deslumbrados, empolgados, encantados, enlevados, maravilhados, seduzidos, tomados, transportados.
Silício[50]: tipo de rocha; arenito de silício.
Inteiriçamos[51]: enrijecemos.
Tolhida[52]: que sofreu obstáculo, obstruída.

férico até ao sílex,[53] desde o eozoon[54] até ao bípede.

E oscilamos indolentemente naquele oceano fluido.

Mas, por fim, sentimos faltar-nos o apoio, e resvalamos[55] no vácuo, e precipitamo-nos pelo éter.[56]

E, abraçados a princípio, soltamo-nos depois e começamos a percorrer o firmamento, girando em volta um do outro, como um casal de estrelas errantes e amorosas, que vão espaço afora em busca do ideal.

• • •

Ora aí fica leitor paciente, nessa dúzia de capítulos desenxabidos,[57] o que eu, naquela maldita noite de insônia, escrevi no meu quarto de rapaz solteiro, esperando que Sua Alteza, o Sol, se dignasse de abrir a sua audiência matutina com os pássaros e com as flores.

Sílex[53]: rocha dura, de grão muito fino e cor variável, composta de sílica mais ou menos cristalizada, encontrada sob a forma de rocha.
Eozoon[54]: animais bastante simples, existentes em quantidade inumerável, que se alimentavam de outros seres ainda mais simples, que teriam dado origem à vida animal na Terra.
Resvalamos[55]: escorregamos; deslizamos.
Éter[56]: fluido imaterial hipotético que permearia todo o espaço e que se supunha necessário à propagação das ondas eletromagnéticas.
Desenxabidos[57]: sem graça; monótonos.

Um artista com muitos talentos

Aluísio Tancredo Gonçalves de Azevedo nasceu a 14 de abril de 1857, em São Luís do Maranhão. Filho dos portugueses David Gonçalves de Azevedo e Emília Amália Pinto de Magalhães. Antes de conhecer o pai do autor, dona Emília fora casada com Antônio Branco, matrimônio arranjado por seu pai, como era muito comum naquela época. Já nos primeiros meses de convívio, a jovem esposa percebeu que seria impossível viver com o marido, que muito a maltratava, e saiu de casa levando consigo a filha recém-nascida. Apesar de a sociedade local ter reprovado tal atitude, foi acolhida na casa de amigos. Quinze anos depois do trágico desenlace, conheceu o futuro pai de Aluísio Azevedo, com quem se casou.

David Gonçalves era um comerciante muito estimado e respeitado, mas, quando Aluísio Azevedo nasceu, seus negócios não iam tão bem. Algum tempo depois, ele deixou a vida de comerciante para assumir o cargo de vice-cônsul de Portugal no Brasil.

Desde muito cedo, Aluísio Azevedo mostrou inclinação para as artes plásticas, e sua mãe o estimulou a ter aulas de desenho e pintura. Seus primeiros quadros foram retratos encomendados pela burguesia local, atividade bastante rentável em uma época em que a fotografia ainda dava seus primeiros passos. No entanto, apesar de

Dona Amália Magalhães de Azevedo e os filhos Aluísio (à direita) e Artur (à esquerda).

todos os cuidados dispensados por dona Amália para a formação dos filhos, Aluísio Azevedo só frequentou a escola formal até os 13 anos, quando o pai o empregou no armazém de despachante alfandegário de um amigo da família.

O primeiro livro, *Uma lágrima de mulher*, editado em 1879, foi escrito quando Aluísio Azevedo tinha apenas 17 anos. Todavia, até a publicação de *O mulato*, ele não tinha aspirações de tornar-se romancista. Seu desejo era estudar pintura em Roma. Não obtendo o consentimento do pai, que talvez não pudesse custear essa viagem, continuou a pintar quadros. Chegou a dedicar-se a retratar defuntos e a trabalhar como professor particular até levantar o dinheiro necessário para mudar-se para o Rio de Janeiro, onde já residia seu irmão, o teatrólogo Artur Azevedo.

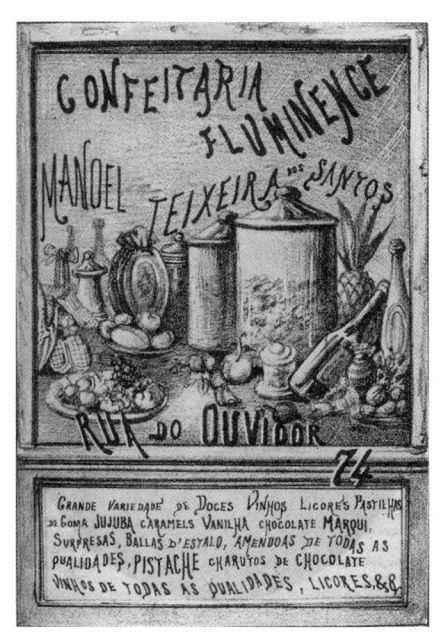

Anúncio desenhado por Aluísio Azevedo e publicado no *Almanaque do Mequetrefe*, em 1878. (Coleção Manuel Portinari Leão)

Aos 19 anos, Aluísio Azevedo desembarca no Rio de Janeiro, onde permanece de 1876 a 1878. Matricula-se na Imperial Academia de Belas Artes, mas para se sustentar trabalha como chargista em importantes veículos de comunicação da época.

Além dessa atividade, durante sua primeira estada no Rio de Janeiro, Aluísio Azevedo criou cartazes de propaganda para espetáculos de teatro e casas comerciais.

Nesse período, o futuro romancista participou de um círculo de intelectuais, artistas e políticos que marcaram a vida cultural e política do último quartel do século XIX.

A morte repentina do pai obriga o jovem Aluísio, com 21 anos, a voltar para o Maranhão. Teve então que abandonar as atividades de chargista e cronista e retornar à cidade natal para cuidar da mãe e dos irmãos menores, apesar de esta decisão pesar, e muito, na sua promissora carreira.

A CHARGE COMO IMPORTANTE FORMA DE DENÚNCIA

As charges e caricaturas foram amplamente usadas como forma de denunciar os problemas sociais e políticos do Brasil ao longo do Segundo Império e continuaram a sê-lo depois da Proclamação da República.

Ângelo Agostini, Rafael Bordalo e Henrique Fleiuss, só para citar alguns, estavam entre os grandes nomes da charge naquela época, e Aluísio juntou-se a eles, divulgando seus desenhos em publicações como *O Fígaro, O Mequetrefe* e na revista *A Comédia Popular,* onde também assinava crônicas, sob o psedônimo de Lambertini.

Aquele momento de rebeldia intelectual foi de grande importância para a definição das diretrizes estéticas e políticas adotadas posteriormente pelo escritor maranhense. Talvez nas linhas traçadas pelas caricaturas já estivesse presente não só seu engajamento na campanha republicana, mas também suas ideias a respeito da criação de uma literatura que retratasse a realidade brasileira da época.

Em muitas charges, Aluísio Azevedo ataca diretamente o imperador. É o caso da intitulada "Um sonho oriental", publicada em 19/03/1877 em *O Mequetrefe.* Nela vê-se a imagem do imperador fumando um narguilé no primeiro plano, enquanto da fumaça expelida saem imagens da vida política e econômica do Brasil (anarquia na câmara, escândalos financeiros, o uso indevido do poder pela igreja, a dependência das relações exteriores). Representada à esquerda, há uma mulher aos prantos, simbolizando a pátria.

A VOLTA REPENTINA AO MARANHÃO

Ao voltar para sua terra natal, Aluísio Azevedo participou da fundação de três publicações importantes: *A Flecha*, em março de 1879, que circulou até outubro de 1880, *O Pensador* e *A Pacotilha*. Essas publicações eram plataformas para combater a escravatura e lutar a favor da proclamação da República, mas também para criticar a hipocrisia da sociedade de São Luís do Maranhão, bastante conservadora à época, e o poder da igreja sobre as decisões locais.

Para rebater as ideias defendidas por Aluísio Azevedo e seus amigos, foi criado o semanário católico *Civilização*, escrito por membros da diocese. As disputas constantes entre esses jovens e membros da igreja tornavam-se cada vez mais acirradas. Aluísio Azevedo, que inicialmente assinava sob pseudônimo, passou a assumir a autoria das crônicas e matérias que escrevia. Por isso, não demorou muito para que ele e seus amigos começassem a ser vítima de várias perseguições. Chegou a ser instaurado um processo contra os idealizadores do jornal *O Pensador*. E a situação ficou ainda mais acirrada depois da publicação de *O Mulato* (1881). Nessa obra, o escritor não apenas critica a igreja e ataca os horrores da escravidão, como também retrata pessoas de seu convívio: padres, alcoviteiras, comerciantes e políticos se veem explicitamente retratados, o que aumenta ainda mais os ataques contra ele.

Casa revestida de azulejos, localizada na rua do Sol, número 83 (atual rua Nina Rodrigues). Foi no mirante desta casa que Aluísio Azevedo escreveu o romance *O Mulato*.

Durante o período em que voltou a morar em São Luís do Maranhão, além de sua intensa participação na imprensa e da produção da obra *O Mulato*, Aluísio Azevedo contribuiu ativamente para a produção teatral da cidade. Muitos de seus artigos publicados na época eram em favor dessa manifestação artística.

As críticas constantes publicadas pelo jornal *A Civilização* e a boa recepção de *O Mulato* no Rio de Janeiro contribuíram para que Aluísio Azevedo decidisse pela mudança definitiva para a capital do Brasil.

A CONSAGRAÇÃO COMO ROMANCISTA

Uma vez instalado no Rio de Janeiro, Aluísio Azevedo deu início à produção de seu primeiro folhetim: *Memórias de um Condenado*, que posteriormente receberia o título de *A condessa Vésper*. Em 1882, escreve a opereta *A Flor-de-Lis*, em parceria com Artur Azevedo, e o folhetim *Mistérios da Tijuca*, editado em livro sob o título *Girândola de Amores*. Em seguida, escreve *Casa de Pensão* (1884), inspirado em um crime ocorrido sete anos antes e intensamente tratado pela imprensa do Rio de Janeiro. O lançamento do romance foi um verdadeiro sucesso: três edições esgotaram-se rapidamente no primeiro ano. Ainda em 1884, adaptou *O Mulato* para o teatro e produziu o folhetim *Filomena Borges*, publicado pelo jornal Gazeta, que também teve versão do escritor para o teatro.

Como dramaturgo, escreveria também *Venenos que curam*, que posteriormente recebeu o título de *Lição para Marido* (1885), *O Caboclo* (1886), *Um Caso de Adultério* e *Em Flagrante*, ambas em 1890, todas em parceria com o amigo francês Emílio Rouède. Com o irmão Artur de Azevedo, assinou *Fritzmark* (1888) e *A República* (1890). De sua autoria é também *Macaquinhos no Sótão*, comédia em três atos, encenada em 1887, que posteriormente recebeu o título de *Os Sonhadores*.

No primeiro semestre de 1885, escreve *Mattos, Malta ou Matta?*, novela policial, publicada no jornal *O País*. A obra só foi editada em livro na década de 1980.

Em *O Homem* (1888), o tema da histeria organiza a própria estrutura do romance, cujo núcleo principal repousa na evolução da doença de Madalena. Alguns críticos consideram que foi durante essa produção que o autor radicalizou, aderindo mais abertamente ao modelo do Romance Experimental, teorizado por Émile Zola.

Logo depois, *O Mulato*, inteiramente revisado, recebe segunda edição. Em 1890, vem a lume sua obra mais conhecida, *O Cortiço*, quando também *O Coruja* é publicado em livro.

Apesar do sucesso de crítica, o escritor continuou a produzir folhetins para manter-se financeiramente. Lança, então, *A Mortalha de Alzira*, na *Gazeta de Notícias*, sob o pseudônimo Vítor Leal, em 1891. Em 1893, publica o livro de contos *Demônios*. Seu último romance, *O Livro de uma Sogra*, é editado em 1895. Nesse mesmo ano, presta concurso e é nomeado vice-cônsul. Dois anos depois de ingressar na diplomacia, Aluísio Azevedo vende o direito de suas obras completas para a editora Garnier, que publica a antologia de contos *Pegadas* (1898).

Capa da obra *O Livro de uma Sogra*, edição de 1959 publicada pela livraria Martins Editora, com ilustração de Clóvis Graciliano.

A CONSCIÊNCIA DA DIFICULDADE DE VIVER DA PRÓPRIA PENA

Ao que tudo indica, Aluísio Azevedo foi um dos poucos romancistas brasileiros de seu tempo que não tinha nenhum pejo de abordar o caráter econômico de suas criações e muito cedo assumiu publicamente que tinha planos de sobreviver exclusivamente do seu ofício de escritor.

Apesar de ter escrito só até os 37 anos, idade com que abraçou a carreira diplomática, alcançou popularidade como poucos durante seu período de produção, ainda que com frequência tivesse que submeter seus escritos à produção folhetinesca antes de publicá-los em livros. No entanto, esse suposto sucesso não garantia ganhos significativos em dinheiro.

Talvez por isso, ao longo de toda a sua produção literária, Aluísio Azevedo não tenha medido esforços para dar visibilidade às suas publicações. Assim, anunciava seus lançamentos, inventando situações para aguçar a curiosidade do público e criar expectativas sobre o romance que logo viria a lume. Por exemplo, quando da publicação de *O Mulato*, o escritor redigiu uma crônica, publicada no jornal *A Pacotilha*, em que anunciava a chegada de um ilustre advogado, o dr. Raimundo, a São Luís do Maranhão. Dessa forma, deu vida a uma criatura puramente literária, pois as pessoas à época chegaram a acreditar que o tal dr. Raimundo, personagem principal de *O Mulato*, fosse real.

UM ESCRITOR EM SINTONIA COM SEU TEMPO

Aluísio Azevedo produziu sua obra no momento em que o Brasil passava por grandes transformações. No campo da política, dava-se a passagem do regime monárquico para o republicano; na área econômica, o trabalho do negro escravizado era substituído pela mão de obra assalariada, sobretudo dos imigrantes. Essas mudanças refletiam fortemente no quadro social. Como bem diz Orna Messer Levin:

> [...] Enquanto expressão estética dessa apropriação das várias correntes do pensamento moderno, a literatura naturalista contém ressonâncias do debate intelectual que afetou a sociedade brasileira. Subdividida em pólos opostos nos confrontos entre católicos e maçons, monarquistas e republicanos, escravistas e liberais.[1]

Aluísio Azevedo no início da última década do século XIX, fotografado por Juan Gutiérrez. Esta fotografia foi publicada na revista *O Álbum*, dirigida por Artur Azevedo. (Coleção Manuel Portinari Leão)

Talvez justamente essa dicotomia, própria de uma sociedade tão conflituosa, é que tenha permitido o surgimento da obra que é considerada pela crítica a criação máxima de Aluísio Azevedo: *O Cortiço*. Antonio Candido, para quem essa obra é uma alegoria do Brasil, diz o seguinte sobre o livro:

> A originalidade do romance de Aluísio está na coexistência íntima do explorado e do explorador, tornada logicamente possível pela própria natureza elementar da acumulação num país que economicamente ainda era semicolonial.[2]

[1] "Aluísio Azevedo Romancista", Orna Messer Levin. In: Aluísio Azevedo – Ficção completa em dois volumes. Rio de Janeiro: Editora Nova Aguilar, 2005, p. 20.

[2] "De cortiço a cortiço". In: O discurso e a cidade. São Paulo / Rio de Janeiro: Duas cidades, 2004. p. 108.

As atividades consulares

Como pudemos constatar, durante os quase dezessete anos em que se dedicou à literatura, Aluísio Azevedo escreveu onze romances, uma novela policial, várias peças de teatro, duas antologias de contos e inúmeros artigos em jornais e revistas.

Desgostoso com o pouco rendimento que obtinha com a venda de seus livros, resolveu prestar exames para ingressar na carreira diplomática, no intuito de ter mais tempo para dedicar-se à escrita criativa. Todavia, assim que abraçou a vida diplomática, parou de escrever. Talvez porque o excesso de trabalho burocrático não lhe desse o tempo necessário para dedicar-se à literatura como gostaria, como escreve em cartas dirigidas aos amigos. Alguns críticos acreditam que a suposta improdutividade literária deveu-se ao fato de o escritor ter perdido o contato com a realidade brasileira, que era a fonte de inspiração para suas criações.

Fato é que Aluísio Azevedo realmente jamais voltou a escrever com o furor que o impulsionou durante os anos de intensa produção, mas deixou uma coletânea de impressões de viagens, escrita quando da sua estada em Yokohama, que foi publicada somente em 1984, sob o título *O Japão*.

Como cônsul, Aluísio Azevedo trabalhou em Vico, Yokohama, La Plata, Salto Oriental, Cardiff, Nápoles, Assunção e Buenos Aires, onde faleceu, em 21 de janeiro de 1913, de uma crise cardíaca, em consequência de sequelas deixadas por um atropelamento sofrido em agosto de 1912.

O NATURALISMO NO BRASIL

No século XIX, o romance torna-se o principal gênero literário, pois permite profunda expressão da dicotomia entre individualismo e sociedade. A partir de meados desse século, com o Naturalismo, a definição social das personagens passa a ser o critério que dá credibilidade à obra, e os problemas sociais pela primeira vez tornam-se objetos para o enredo. Assim, basicamente, as características antirromânticas do Naturalismo são a exigência da absoluta honestidade na descrição de fatos e o empenho em manter uma conduta impessoal e impassível como garantia de objetividade e solidariedade social.

O grande representante do Naturalismo francês, que muito influenciou os escritores brasileiros do período, foi o romancista Émile Zola.

ÉMILE ZOLA, O GRANDE MESTRE DO NATURALISMO FRANCÊS

Baseado na tese de Claude Bernard, publicada no livro *Introdução à Medicina Experimental*, Zola defende a fusão entre arte e ciência. Com isso, o autor francês queria provar que o homem ocidental do século XIX era patológico. A função da arte naturalista, portanto, seria moralizar, mostrar o cancro que destruía a sociedade adoentada. Nesse sentido, o Naturalismo tem alguma aproximação com o Romantismo, contudo se este último buscava a salvação do homem no retorno ao natural, o Naturalismo vê na ciência a possibilidade de salvaguardar a sociedade. Entre suas obras mais conhecidas no Brasil, estão *Germinal* e *Naná*.

Retrato do romancista Émile Zola.

SOBRE OS CONTOS DESTA SELEÇÃO

Como pôde ser constatado nesta seleção, Aluísio era um narrador eclético. Não só abordou temas bastante diversos, mas também usou estilos bem distintos, indo do Romantismo ao Naturalismo com maestria.

No conto "Polítipo", talvez esteja o esboço de *O Coruja*, romance escrito alguns anos depois. Nas duas narrativas, o protagonista é um homem extremamente bom, mas que jamais é reconhecido por essa virtude. O conto também pode ser lido como uma crítica ao anonimato, em uma cidade como o Rio de Janeiro, que nas últimas décadas do século XIX já ganhava ares de metrópole.

Sobre "Como o demo as arma", é importante ressaltar quanto a personagem Teresinha estava à frente de seu tempo. Não era comum naquela época uma moça escolher permanecer solteira e não querer morar como agregada na casa de alguma família. Ainda que no final ela aceite casar-se com Lucas, ela o faz, em certa medida, porque caiu na armadilha do diabo. Ou seja, foi influenciada pelas leituras românticas que fazia. Outro assunto que raramente era tratado pelos escritores da época é a relação patrão-empregado, posto que as relações capitalistas no país ainda eram bastante incipientes. Nesse conto, Teresinha, uma costureira de fábrica, chega a ser ameaçada com a demissão por não produzir tanto quanto outrora.

Já no conto "Último lance", é explícita a crítica mordaz a membros de uma aristocracia europeia decadente, que via no jogo a solução para seus problemas financeiros. O final inusitado surpreende não só os que estão em volta da banca de jogo, como os próprios leitores.

Na sequência temos "O impenitente", em que o escritor

mostra que a má conduta dos clérigos, já presente no romance de juventude, *O Mulato*, continua a ser alvo de sua pena. Esse amor proibido entre um padre e uma meretriz é tema do famoso conto "Morte amorosa", de Théophile Gautier. Também na narrativa francesa, a morta retorna para perturbar o ex-amante, mas age como uma vampira, levando o padre a ter uma vida dupla com uma morta-viva. No entanto, talvez para conciliar uma narrativa inspirada em um tema romântico com suas aspirações naturalistas, o narrador de Aluísio está contando uma história que ouviu de alguém, o que imprime ao texto aspectos da tradição oral e permite certo distanciamento entre as ideias daquele que escreve e as de quem narra.

Os três últimos contos dessa seleção, "O madeireiro", "Insepultos" e "Demônios", figuram nas duas antologias publicadas pelo escritor. No primeiro, o humor impera por meio de deliciosos diálogos que bem poderiam ser montados como cenas de uma farsa – e isso nos faz lembrar que Aluísio também foi um habilidoso dramaturgo. Nessa narrativa, uma viúva consegue com muita astúcia enganar um homem experiente nas artes do amor, que acaba enredado em um jogo em que o baralho são cartas de amor.

Em "Insepultos", acompanhamos a melancolia do narrador ao deparar-se com aquela que fora o grande amor de sua vida 35 anos antes. É uma narrativa densa, em que a melancolia paira diante da constatação de que o tempo, se deixa suas marcas no corpo, não deixa de fazê-lo também na alma.

No conto "Demônios", temos um escritor tomado pelos horrores de uma noite interminável, que lembra muito o conto "A noite", do francês Guy de Maupassant. Nessa narrativa, encontramos vários elementos caros aos naturalistas, como o excesso de cientificismo no vocabulário, embora haja ainda muitos traços românticos, como a ambientação noturna, a presença da morte e da decomposição. Mas a grande marca dessa narrativa é, sem dúvidas, seu caráter fantástico, gênero que se instaura bem posteriormente e que não tem muita expressão na literatura brasileira, não só no passado como na atualidade. Apesar de no final tudo não passar de um delírio de um escritor durante uma noite de insônia produtiva e de a narrativa ter um desfecho realista, toda a construção é bastante ousada para um autor marcadamente naturalista.

Fac-símile da página de rosto da primeira edição da obra *Demônios*, de 1893.